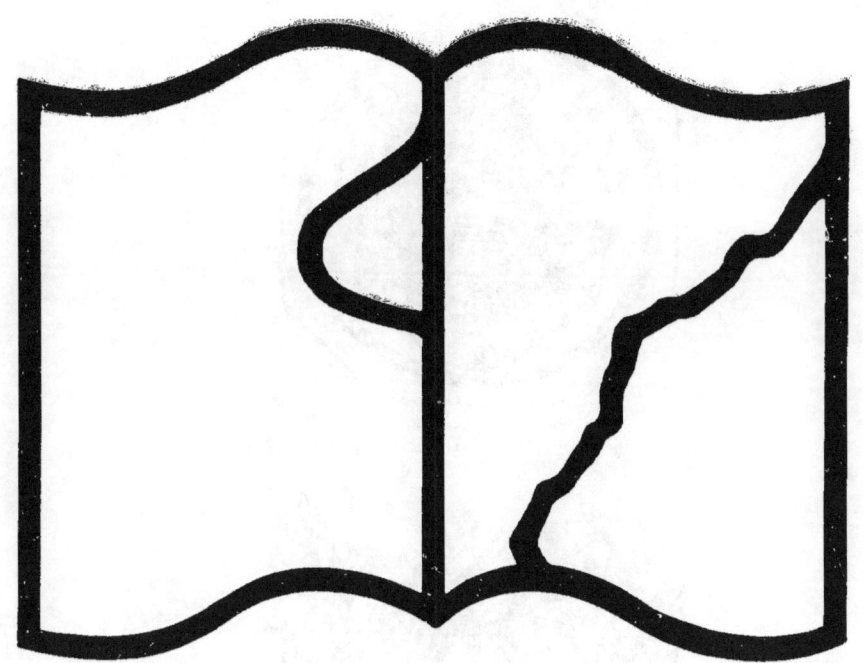

Texte détérioré — reliure défectueuse

-1   -11

Le trait sur l'aube
Brute de Soirette

Yhg6

PASTORALES
ET POËMES
DE
M. GESSNER,
TRADUITS DE L'ALLEMAND.

PASTORALES

ET

POËMES

DE M. GESSNER;

Qui n'avoient pas encore été traduits;

SUIVIS

DE DEUX ODES DE M. HALLER,
traduites de l'Allemand;

ET D'UNE ODE DE M. DRYDEN,
traduite de l'Anglois, en Vers François.

A PARIS,

Chez { VINCENT, rue Saint-Severin.
{ LOTTIN LE JEUNE, rue S. Jacques;

M. DCC. LXVI.
Avec Approbation, & Privilége du Roi.

AVERTISSEMENT.

LES EXTRAITS que le *Journal étranger* nous a donnés de quelques Poëtes Allemands, & pluſieurs de leurs ouvrages qu'on a traduits en notre langue, ont déjà fait connoître en France la Littérature Allemande d'une maniere fort avantageuſe. Par cette raiſon je crois inutile de faire remarquer au Public, en lui préſentant ces Eſſais de Traduction, combien elle fait de progrès tous les jours. Il aimera mieux en juger lui-même, en liſant ces ouvrages, que de s'en rapporter à un traducteur toujours intéreſſé à faire valoir l'Auteur ſur lequel il a travaillé. Je le prie de me paſſer ſeulement les courtes Remarques qui ſuivent.

La patrie de Lucréce, de Virgile, d'Horace, du Dante, de l'Arioſte, du Taſſe & de tant d'hommes célébres, semble avoir épuisé ses forces en produisant ces génies fameux qui ont fait tant d'honneur à leur nation & à l'esprit humain. Les talens de leurs successeurs (j'en excepte cependant l'abbé Métastase & un petit nombre d'autres) se bornent aujourd'hui à l'art de la Musique & à la science des Antiquités. C'est un Italien qui nous l'apprend lui-même dans une lettre qu'il écrit de Parme aux Auteurs de la Gazette Littéraire. L'Allemagne a succédé à la gloire de l'Italie, & partage d'ailleurs avec elle les seuls avantages qui lui restent. Les Muses qui s'y sont transplantées, ne paroissent point se ressentir du changement de climat; tant il est vrai qu'il n'influe pas, autant que l'on pense, sur les esprits. La Nature n'a affecté le génie à aucun pays exclusivement. C'est un arbre immense dont les ra-

meaux embraffent toute la terre.
Il porte des fruits au milieu des
glaces du Nord, comme fous le
Soleil du Midi; & il ne doit fa
fertilité qu'à la culture qu'il reçoit
chez les Peuples policés par les
beaux Arts. Le ciel de l'Angleterre,
fuivant les idées communes, eft
moins favorable aux Lettres, que
le ciel de la France; & cependant
Shakefpear y faifoit l'admiration
de fes compatriotes, dans un tems
où le génie du grand Corneille
n'étoit pas encore forti du néant.
Pour en revenir à l'Allemagne, le
Public paroît convenir que les ouvrages qu'elle produit depuis plufieurs années, lui affûrent aujour-
d'hui le premier rang parmi les
Nations fçavantes, après l'Angleterre & la France. On trouve dans
ces écrits de la force, du fublime,
du fentiment, du goût & fur-
tout cette aimable fimplicité pui-
fée dans les fources de la Nature

même. Entre ſes Littérateurs les plus célébres, on diſtingue MM. Haller & Geſſner. La maniere dont on a reçu juſqu'à préſent ce qui a paru de l'un & de l'autre m'a encouragé à traduire ces pieces. Comme la réputation de ces Auteurs eſt déjà faite, ce ſera ſûrement à moi qu'il faudra que le Public s'en prenne, s'il n'en eſt pas content.

J'ai ajouté à ces traductions l'Ode de M. Haller ſur la mort de ſon Epouſe, l'Ode de Dryden ſur le pouvoir de la Muſique, ouvrage fort eſtimé en Angleterre. J'avois commencé la traduction en vers, de la deſcription du Déluge par M. Geſſner; mais des circonſtances imprévues m'ont forcé de renoncer à ce travail, & de la faire en proſe.

ERASTE.

ERASTE,

PASTORALE,

Traduite de M. GESSNER.

ACTEURS.

CLEON, Pere d'Erafte.

ERASTE, Pere.

LUCINDE, Femme d'Erafte.

Premier Fils d'Erafte.

Second Fils d'Erafte.

SIMON, Valet d'Erafte Pere.

La Scène repréfente un lieu folitaire environné d'arbres & de buiffons. On voit au fond la cabane d'Erafte.

ERASTE,

PASTORALE.

SCENE PREMIERE.

ERASTE,

(Tenant un fusil de chasse, qu'il met
à côté de lui d'un air chagrin.)

ME voilà donc de retour, après
avoir chassé la moitié de la journée
sans le moindre succès. Cruelle si-
tuation ! n'avoir pas un pain dans
ma cabane ; chercher des bêtes,
hélas ! innocentes pour leur donner

la mort, & parcourir inutilement les montagnes aux ardeurs d'un foleil brûlant. Ah! la faim finira bientôt notre mifere. Rentrons: mais non; il faut que je cache auparavant le chagrin qui me dévore. Ne permets pas, grand Dieu, que mon accablement paroiffe aux yeux de Lucinde! Vertueufe femme! avec quel courage tu fouffres la pauvreté, l'extrême pauvreté! Je te vois traîner fans peine la vie dans l'indigence; cette vie malheureufe que tu cherches à me rendre fupportable à moi-même. Tu plains en fecret notre mifere commune; & fi je m'approche de toi, tu effuyes promptement tes larmes, de peur qu'elles n'augmentent mon affliction. Oui, grand Dieu! tu recompenferas à la fin fa vertu!

Qu'elle mérite d'être heureuſe ! Et
comment pourrois-je être tranquille!
C'eſt moi... eh ! cruelle penſée !
oui, c'eſt moi qui ſuis la cauſe de
ſon malheur & de la miſere de nos
enfans ! Et ce qui met le comble
à mes chagrins, c'eſt de n'avoir
aucun moyen de reconnoître ſa
généroſité ! Cependant notre pauvreté augmente de jour en jour,
notre vie devient toujours plus dé-
ſeſpérée. Le peu de bien que j'avois,
a été conſumé par nos preſſans
beſoins : un orage vient de ruiner
notre moiſſon mûriſſante. Hélas !
à qui m'adreſſer ? mon propre pere
me laiſſe ſans ſecours ! mes lettres
les plus tendres, ces tableaux tou-
chans de ma miſere, n'ont jamais
pû le fléchir ! il n'a jamais daigné
me faire réponſe ; depuis cinq ans

je ne lui ai donné aucune de mes nouvelles. Eſt-il poſſible qu'un pere ſoit aſſez cruel pour laiſſer ſans ſecours un fils qu'il ſçait être dans la derniere indigence ! & mon ſeul crime, hélas ! eſt d'avoir rempli, contre ſa volonté, les promeſſes les plus ſolemnelles envers une digne femme, privée à la vérité des biens de la fortune ; mais qui raſſemble en elle toutes les perfections. Vertueuſe Lucinde, après avoir cédé à mon amour & à mes ſermens les plus ſacrés, il falloit donc t'abandonner à la honte & à l'infamie ; expoſer au mépris d'un monde toujours injuſte, celle qui mérite l'eſtime de l'Univers. Ah, ciel ! & comment aurois-je pû ſupporter enſuite le poids des honneurs & des richeſſes ? Les cris de

ma conscience n'auroient-ils pas
noirci, par leurs tourmens infer-
naux, toutes les pensées riantes de
mon ame ? Je trouve du moins,
malgré l'amertume de nos chagrins,
un adoucissement à nos maux dans
cette compassion mutuelle que nous
fait éprouver notre amitié, dans
ces empressemens que nous avons
pour nous rendre l'un à l'autre notre malheur moins sensible. Peut-
être aussi ces larmes que nous ver-
sons l'un pour l'autre, ne coule-
ront pas toujours ! Peut-être mon
pere aura enfin pitié...... Mais
voilà le plus jeune de mes deux
fils qui vient vers moi. Grand Dieu !
quel sera enfin le sort de mes enfans ? Essuyons nos larmes, & pren-
nons un air serein ; il ne faut pas
que ce cher enfant s'apperçoive de
mes chagrins.   a iv

SCENE II.

LE FILS, ERASTE.

LE FILS,

(Courant à son pere & embraffant ses genoux.)

Mon cher pere !

ERASTE.

Mon cher enfant ! d'où viens-tu ? tu me parois bien joyeux.

LE FILS.

Je viens d'auprès de la colline : je me fuis arrêté quelque temps avec le petit gardeur de chêvres. Que fon état m'a fait pitié !

ERASTE.

Et pourquoi, mon enfant ?

LE FILS.

Il étoit affis auprès de fes chêvres,

& il pleuroit. Il pleuroit . . . . . . Je n'ai pas mangé de tout le jour, m'a-t-il dit, je meurs de faim. Tiens, lui ai-je dit, voilà tout ce que j'ai, & je lui ai donné le pain de mon dîner que j'avois heureusement conservé. A la vérité j'avois faim aussi ; mais j'étois ravi de le voir manger avec tant de joie & tant d'appétit.

ERASTE.

Le bon enfant ! Je te bénis, mon cher fils.

LE FILS.

Si le petit Chêvrier avoit eu quelque chose à donner, & qu'il m'eut vu pleurer de faim, il auroit fait tout comme moi.

ERASTE.

Tu savois cependant que nous n'avions plus de pain chez nous.

LE FILS.

Oui ; mais j'ai toujours eu beaucoup de plaifir à lui donner ce que j'en avois. D'ailleurs ne m'avez-vous pas fouvent dit que Dieu récompenfe ceux qui font du bien aux autres.

ERASTE.

Viens, baife-moi, mon cher fils. O Dieu! jufqu'à quand laifferas-tu dans la mifere une pareille innocence. (*Il effuie fes larmes.*)

LE FILS.

Mais vous pleurez, mon pere. Oh, mon pere! ne pleurez pas.

ERASTE.

Je ne pleure pas, mon fils. Va-t-en maintenant vers la colline voir fi ton frere ne revient pas des montagnes; tu prendras garde en même temps fi Simon revient de la ville.

LE FILS.

J'y vais, mon pere.

SCENE III.

ERASTE.

LE trifte état de ces innocens me fend le cœur. Je n'avois pas encore été privé de toute reffource comme je le fuis en ce jour. (*Il fe promene & paroît dans une profonde rêverie.*) O Dieu!...la meilleure des femmes!....cès enfans innocens!... O toi qui conduis ma deftinée, daigne m'affifter, grand Dieu! ne permets pas que je murmure contre la fageffe de tes voies, & que je doute jamais de ta providence. Allons, rentrons dans la cabane ; mais tâchons auparavant de prendre un air tranquille. Je ſens que la Nature bienfaiſante vient à mon ſecours ; la fraîcheur de ces vents va m'aider à ſécher mes larmes.

SCENE IV.

LUCINDE, ERASTE.

LUCINDE.

BONJOUR, mon cher, (*Elle lui ſerre la main.*) je te ſalue du fonds de mon cœur.

ERASTE (*l'embraſſant.*)

Je te bénis, ma chere. Comment as-tu paſſé ton temps depuis que je t'ai quittée ?

LUCINDE.

Ah ! dans le plus grand conten-
tement. J'ai été auſſi joyeuſe que
je puis l'être ſans toi. Je n'ai ceſſé
de chanter en vaquant à mes petites occupations.

ERASTE.

Chere épouſe, j'admire ta fer-
meté dans l'infortune. Je vois en toi
une vraie héroïne.

LUCINDE.

Mon bonheur eſt de te poſſéder,
& de poſſéder la vertu qui ſoutient
toujours notre courage. Je ne ſuis
malheureuſe que lorſque tu crois
l'être toi-même.

ERASTE.

Dieu ! quelle tendreſſe pour moi!

C'eſt cependant cette même tendreſſe, ma chere, qui t'a miſe dans
la malheureuſe ſituation où tu es,
& qui réduiroit une ame ordinaire
au déſeſpoir.

LUCINDE.

O mon cher ami, je te conjure
par ce qu'il y a de plus ſaint, ne
trouble point ſans ceſſe notre repos
par de pareils reproches; ils offen-
ſent trop ma tendreſſe. Je te pro-
teſte, & j'en prends le ciel à témoin,
que ma tranquillité n'eſt point feinte.
Je ſuis heureuſe en te poſſédant,
& ſans toi tout bonheur me ſeroit
inſupportable.

ERASTE.

Il eſt donc bien vrai que malgré
notre pauvreté extrême, malgré

notre état défefpéré, cet air de tranquillité que je vois en toi, n'eſt point affeɖé pour me déguiſer tes chagrins ? Il eſt donc bien fûr qu'il vient du calme intérieur de ton ame ?

LUCINDE.

Je n'ai de chagrin que lorſque je te vois toi-même dans l'inquiétude.

ERASTE.

Ha, quelle bonté !

LUCINDE.

Souviens-toi qu'il y a par milliers, des perſonnes plus malheureuſes que nous. Faut-il qu'un mécontentement volontaire nous rende plus malheureux qu'elles ?

ERASTE.

Il ne nous rendroit pas plus pau-

vres, ma chere, (les oiſeaux du ciel
le ſont moins que nous). Hélas !
nous n'avons rien dans notre cabane
qui puiſſe nous ſervir de nourriture.
Je viens de courir d'une móntagne
à l'autre ; j'eſperois que ma chaſſe
me donneroit quelque reſſource ;
mais je n'ai pas rencontré le moindre gibier. Affreuſe indigence ! je
la ſupporterois cependant ; ton courage ſuffiroit pour ranimer le mien :
mais quand mes regards tombent ſur
nos enfans ; quand je leur vois les
larmes aux yeux ; des larmes qu'ils
s'efforcent de retenir de peur de
nous affliger : O Dieu ! comment
la douleur la plus vive ne perce-
roit-elle pas mon cœur ?

L U C I N D E.

Mon ami, un malheur qui n'exiſte
encore

encore que dans l'imagination, ne doit pas abbatre notre courage. Notre fils aîné eſt allé dans la forêt voiſine pour y cueillir des fruits, il ne reviendra pas ſans en apporter. Nous pouvons d'ailleurs eſpérer beaucoup des ſoins de Simon, qui arrivera bientôt de la ville.

ERASTE.

Je ſuis honteux, ma chere, de voir que la crainte a rant de pouvoir ſur moi.

LUCINDE,
(*Lui montrant une piece de broderie.*)

Outre cela, voici un ouvrage que je viens d'achever. Simon pourra le porter à la ville, & le vendre à cette marchande qui a toujours très-bien payé mes ouvrages. Ne per-

b

dons point patience, mon cher. Rappelle - toi le paſſé. Nous nous ſommes ſouvent trouvés dans des circonſtances déſeſpérées, & le ſecours a été toujours plus près de nous que nous ne le croyions.

E R A S T E.

La nobleſſe de ton ame met en toi un fonds inépuiſable de conſolation. Pour moi, je ne puis me mettre à l'abri des inquiétudes. Que deviendront enfin nos enfans? Abandonnés de tout le monde, quelles voies pourrons - nous leur indiquer pour les conduire à une fortune honnête?

L U C I N D E.

Les voies de la vertu, mon cher; elles ſont infaillibles.

ERASTE.

Oui. Mais la vertu dans les souffrances présente cependant un triste spectacle. Et qu'il est difficile de conserver, sans atteinte, la vertu dans le sein de son ame, lorsqu'on est assiégé au dehors par toutes sortes de malheurs. Ah! tout le bonheur que je leur desire, c'est qu'ils puissent traîner leur vie sans être confondus avec la vile populace. Hélas! ils seront toujours fort au-dessous du rang auquel leur naissance les destinoit. Fasse le ciel, ô mon pere! fasse le ciel que les soupirs que ta sévérité m'arrache, ne tourmentent jamais ton ame! Qu'ils ne se fassent pas même sentir à toi, lorsque tes petits-fils un jour, sans être connus, demanderont à ta porte le pain des malheureux. Ah, Dieu!

LUCINDE.

Pourquoi accroître cette misere dont l'avenir peut-être les garantira ? la providence a ouvert une infinité de voies qui menent à la fortune.

ERASTE.

Oui, sans doute, mais est-il possible de les suivre lorsqu'on est une fois plongé dans la plus affreuse misere. Rappelle-toi ce qui nous est arrivé. A peine mon pere nous eut-il abandonnés ; à peine le peu de bien que j'avois encore consumé par nos besoins, nous eut laissés dans la pauvreté ; à peine nous nous vîmes sans ressources & sans espérances, que tout le monde fut contre nous. Que nous est-il resté ?

LUCINDE.

Le feul parti de quitter le monde, de nous fauver dans la folitude, d'établir notre féjour dans une des plus belles contrées de la terre, & d'y remettre notre fort entre les mains de la providence.

ERASTE.

Fort bien, ma chere; mais ce n'eft pas là le bonheur que je defire pour mes enfans. Quel bonheur, jufte ciel, que celui où l'on a befoin de toutes les forces de la raifon pour ne pas fuccomber au défefpoir!

LUCINDE.

La fituation où la providence nous a placés, dans des vues, fans doute, très-fages, n'eft pas fi défefpérée. Il eft injufte de murmurer contr'elle. Je viens de rendre vifite à notre voifine. Son fort n'eft-il pas beaucoup plus malheureux que le nôtre? Chargée d'années, plus deftituée de fecours, & plus pauvre que nous; tourmentée depuis long-temps par une maladie cruelle : hélas ! toutes les fombres perfpectives de fa vie ne font qu'une pauvreté & qu'une douleur continuelles. Il eft très-rare cependant que j'aie vu en elle des momens d'impatience. Elle n'a d'efpérance que dans la mort, qui peut-être ne terminera fa vie qu'après de longs tourmens. Nous donc qui avons eu le bonheur de recevoir une meilleure éducation, nous dont l'efprit a été plus cultivé, nous nous rendrions plus malheureux qu'elle par foibleffe, & nous

aurions la lâcheté de n'en pas fupporter l'infortune ?

ERASTE.

Non, cela ne fera pas, ma chere.

LUCINDE.

Non, mon cher époux, cela ne
fera pas. Non ; louons la fageffe de
la providence ; elle fait tout, elle
dirige tout pour la meilleure fin ;
elle aime fes créatures, & ne veille
pas avec moins de foins fur la plus
petite que fur la plus grande. Elle
conferve, & l'oifeau qui chante dans
nos buiffons, & l'abeille qui bour-
donne autour de nous, & le ver qui
rampe à nos pieds. Et nous murmu-
rerions contre fes voies, parce que
notre fort n'attire pas les regards de
l'envie ? Reprends courage : Vois

b iv

toute cette belle contrée qui nous
sourit. Un beau ciel & une soirée
magnifique se préparent à embellir
les adieux du jour, de ce jour qui
a avancé notre carriere, & qui nous
a rapprochés du développement de
notre sort.

ERASTE.

Je te remercie mille fois, ma
chere Lucinde! Quel bonheur pour
moi, quel bonheur inexprimable de
te posséder! Tu as soutenu ma foible raison; tu as rendu la sérénité
à mon esprit, sérénité qui ne res-
semble pas, hélas! à un beau jour
de printemps : c'est la sérénité plus
triste d'une nuit tranquille que la
lune éclaire de ses rayons. Tu cal-
mes sans cesse cette pensée, cette
accablante pensée que mon pere

m'a abandonné, qu'il m'a entiere-
ment banni de fon cœur.... Que lorfque tu rendras les derniers foupirs, ô
mon pere! un fils que tu as relegué
loin de toi, ne pourra pas baigner
de fes larmes le lit où repofera ton
corps mourant, qu'il ne pourra pas
entendre de tes lévres ta derniere
bénédiction. Daigne dans ces momens te fouvenir de moi, & n'oublie
pas de bénir un infortuné qui a encouru
tes difgraces, & à qui tu donnas la vie.

LUCINDE.

O le meilleur des époux! ta raifon auroit diffipé elle - même ces
fombres penfées. Je n'ai fait que
mettre devant tes yeux des motifs
de confolation que tu aurois trouvés
toi-même mieux que moi dans un

autre moment. Quant au fouhait que tu fais à l'égar! de ton pere, ah, faffe le ciel qu'il foit accompli! Grand Dieu! je......

ERASTE.

Je t'en conjure, ma chere, n'acheve pas. Ne te fais point de reproches à ce fujet. Si je pouvois les écouter, je ferois indigne du plus grand des bonheurs, du bonheur de te poffeder.

LUCINDE.

Non, Erafte, je n'offenferai pas ton amour; mais je dois te faire part de mes efpérances. Quoi! fi ton pere étoit réconcilié avec toi! s'il étoit inquiet en ce moment du fort de ce fils qu'il a.....

ERASTE.
Ah! oui. Heureufe penfée, qui

autrefois a souvent répandu la joie
sur les momens les plus tristes de
ma vie, qui m'a souvent donné des
jours heureux lorsque j'attendois,
mais toujours en vain, quelque ré-
ponse à nos lettres touchantes, à
ces lettres qui, si elles fussent tombées entre les mains d'un inconnu,
de l'homme du monde le plus in-
différent, lui eussent arraché des
larmes de pitié. Et mon pere pour-
roit. . . . . . .

LUCINDE.

Ce seroit la plus grande des injustices envers un pere qui t'a tendrement aimé, si nous . . . .

ERASTE.

Oui, la plus grande des injustices!
Quoi! seroit-il possible, ô mon

pere, que tu me haïfles toujours, toi qui m'aimois autrefois fi tendrement, qui remarquois avec une joie demefurée le développement de mes foibles talens ? Quoi ! tu me haïrois toujours ? Dans les momens amers où le fouvenir de ta colere me fait verfer des pleurs , ma confcience ne me fait aucun reproche. O ciel ! fi je trouvois en moi la moindre faute, ta colere feroit pour moi un poids infupportable. Tu me rendras, oui tu me rendras ta tendreffe. Peut-être pleures-tu déjà un fils à qui tu as refufé tout fecours, & que tu as abandonné à fa cruelle deftinée. Agréable penfée ! douce efpérance, que tu es raviffante ! Allons, que je lui écrive encore, que je lui marque tout ce que notre fituation, tout ce que notre amour

pourra m'infpirer de plus attendrif-
fant. Rentrons dans la cabane, je vais
écrire dans le moment ; viens, ma
chere, j'aurai befoin de ton fecours.

LUCINDE.

Viens, mon bien-aimé. (*Ils ren-
trent en fe tenant par la main.*)

SCENE V.

SIMON.

SONT-ILS partis ? .... Pourvu du
moins qu'ils ne me voient pas fi-tôt.
Ah ! c'eft une mauvaife marque de
craindre de les voir. (*Mettant la
main fur fon cœur.*) D'où vient mon
cœur eft-il fi agité ? Pourquoi bat-il
avec tant de violence ? Quel eft ce
pefant fardeau que je fens fur ma

confcience ? Non, non, ceffe de
me pourfuivre, idée chagrine. Ne
me reproche point une action que
j'ai faite dans la meilleure intention
du monde. Courage, Simon! ton
cœur trop fenfible eft dans les allarmes, parce que tu as ofé exécuter
ce qui eut été un trait de fcélérat
dans toute autre circonftance. Raf-
fure-toi; ce n'eft point un mal;
l'intention & la néceffité t'excufent.
Non, fur ton ame, tu n'as point fait
de mal. Mais je crains que quelqu'un
ne vienne avant que j'aie compofé
mon vifage. (*Il tire une bourfe pleine
d'argent.*) Voici une bonne fomme;
il y aura de quoi vivre pendant
bien du temps. Mais voler! voler
fur le grand chemin! Allons, ma
confcience, calme-toi. C'eft pour
la premiere & pour la derniere fois!

J'aime mieux la difette la plus affreufe, & vivre en paix avec toi,
que l'abondance avec ton inimitié .,.
Ce n'eft que pour nous foulager dans
le befoin extrême où nous étions,
que j'ai été demander à ce voyageur, par force à la vérité, une
petite partie de fon fuperflu. Et
même il ne s'en paffera que jufqu'à
ce qu'il foit de retour chez lui;
là il trouvera dans fes coffres de
quoi fe dédommager amplement de
cette petite perte. Non, par Dieu, il
n'eft pas jufte que tant de faquins
jouiffent de la plus grande aifance,
tandis que mon vertueux maître,
Lucinde fon époufe, leurs enfans
& moi mourons de faim dans ce
deferr. Le fang me bout, lorfque je
vois ces orgueilleux, ces infâmes
débauchés, ne tenir pas plus de

compte des pauvres & des malheureux que des bêtes, fe promener
de plaifir en plaifir, & diffiper cri-
minellement des biens qui n'ont été
acquis la plupart que par la mifere
d'autrui. Que le pauvre cependant
meure de faim, que le malheureux
périffe & répande des larmes de
fang en voyant ces monftres dévorer
impunément les biens de la terre,
peu leur importe. Oh! non, il eft
jufte que les pauvres en aient leur
part, & je ne me repens point de
ce que j'ai fait. Je.... Ciel!....
J'entends du bruit!.... quelqu'un
vient....non. Je tremble comme
fi l'on venoit de me retirer du fond
de la riviere. Vieux fot que je fuis!
Allons, je vais me déguifer comme
il faut; & pour ne pas être embar-
raffé, examinons ce que je dois dire.

Je

Je n'oferois jamais dire la vérité à mon maître. Tais-toi, ma confcience. Voyez comme un mal en amene un autre! Allons, il en faudra venir là; ma foi, il faudra mentir. Je dirai..... Eh bien, quoi?.... le mal-adroit! Ah, je fuis dans une fituation délicate!...... Je dirai....... que j'ai..... Eh non, idiot! Voyez la belle fineffe. Dès le premier inftant on fçauroit tout...... Oui, oui, voici qui ira bien. J'ai rencontré dans la ville un homme très-bien mis qui m'a reconnu, pour moi je ne le connois pas; il m'a demandé fi j'étois encore au fervice d'Erafte, & m'a dit que..... qu'il étoit pénétré de compaffion, que....... Ah! ah! mais quelqu'un vient! Ce font nos deux enfans. Voyez fi l'on peut être un feul inftant tranquille!

Allons, allons, je jouerai mon rôle
à merveille.

S C E N E VI.

LES DEUX FILS D'ERASTE;
SIMON.

PREMIER FILS.

SOYEZ le bien venu, Simon.

SECOND FILS.

Ah, ah! Simon. Vous voici de
retour; bon ſoir.

(Simon eſt tout rêveur.)

PREMIER FILS.

Vous ne me paroiſſez pas de
bonne humeur, Simon.

SIMON.

Oui, il y a quelque choſe dans
ma folle de tête.

SECOND FILS.

Vous êtes revenu bien tard de la ville.

SIMON.

C'eſt que j'y avois beaucoup affaire.

PREMIER FILS.

En avez-vous apporté quelque choſe ?

SIMON.

Oh ! ſans doute. Nous ſommes à préſent dans l'abondance.

SECOND FILS.

Ah ! mon cher Simon.

PREMIER FILS.

Pour moi, j'ai été chercher des fruits dans la forêt, & j'en ai rapporté plein mon panier.

SIMON.

C'eſt fort bien. Vous êtes un aimable garçon; rien ne nous manquera donc ce ſoir.

SECOND FILS.

Je voudrois bien être auſſi grand que mon frere, afin de travailler auſſi & de contribuer à notre ſubſiſtancè.

PREMIER FILS.

Le temps en viendra, mon cher frere,

SECOND FILS.

Ah ! mon frere, que je t'embraſſe ! (*Ils s'embraſſent.*) Tu ne ſçaurois croire combien je t'aime. Notre pere & notre mere ſeront ſi aiſes ! Nous n'avions rien à manger, & maintenant nous en aurons de reſte.

Comme ma chere mere a pleuré aujourd'hui en travaillant à ſon ouvrage ! Je ſuis entré dans la chambre où elle étoit aſſiſe devant ſon métier; elle ne me voyoit pas. Elle n'a fait que pleurer, travailler & prier Dieu ; & je n'ai pas pû m'empêcher de pleurer auſſi. Elle m'a entendu, & a promptement eſſuyé ſes larmes, comme ſi elle n'avoit pas voulu que je la viſſe pleurer. J'ai bien vu cependant qu'elle pleuroit. Simon, dites-nous pourquoi pleurent-ils ſi ſouvent l'un & l'autre? cela me donne toujours une grande inquiétude.

PREMIER FILS.

Et à moi auſſi. Dites-nous-en la raiſon, ſi vous la ſavez.

SIMON.

Hem! mes enfans! je pense qu'ils pleurent, parce que nous sommes si pauvres.

PREMIER FILS.

Pauvres? nous?

SECOND FILS.

Nos voisins qui habitent sur la montagne, sont pauvres; mais nous, nous ne le sommes pas.

PREMIER FILS.

Oui, nous le sommes quelquefois. Nous l'étions ce matin, mais maintenant nous ne le sommes plus; nous avons bonne provision. Et même est-ce que nous ne sommes pas riches actuellement?

SIMON.

Ah, ah, ah! les bons enfans!

PREMIER FILS.

Vous riez, Simon! Mais n'eſt-on pas riche quand on a de quoi ſub-ſiſter? Nous avons maintenant notre néceſſaire pour plus de trois jours.

SIMON.

Les bons enfans que vous êtes!

PREMIER FILS.

Mais, Simon, ſi nous ſommes pauvres, qu'ont donc ceux qui ſont riches?

SIMON.

Ils ont tout en abondance.

PREMIER FILS.

Et qu'en ont-ils à faire? N'eſt-ce pas avoir en abondance, lorſqu'on a plus qu'on a beſoin d'avoir.

SIMON.

Oui ; & malgré cela ils font rarement contents.

SECOND FILS.

Qu'ils font finguliers ces gens-là !

PREMIER FILS.

Eft-ce qu'ils ne donnent pas leur fuperflu à ceux qui n'ont rien ?

SIMON.

Au contraire, ils prennent fouvent au pauvre le peu qu'il a, pour augmenter encore leurs richeffes.

SECOND FILS.

Oh, Simon ! tu vois que nous fommes des enfans, & tu badines avec nous. Qu'en dis-tu, mon frere ? Crois-tu qu'il y ait de pareilles gens ?

PREMIER FILS.

J'ai bien de la peine à le croire. Simon, je vous en prie, ne vous moquez pas de nous. Il ne faut pas mentir.

SIMON.

Ce que je vous ai dit, n'eſt que trop vrai; la ville eſt remplie de gens de cette eſpece.

PREMIER FILS.

Mais ſi j'avois du ſuperflu, je le donnerois à nos voiſins, & nos pere & mere feroient de même.

SECOND FILS.

Sans doute; & moi auſſi.

PREMIER FILS.

Je ne connois pas de plus grand plaiſir; je pleure de joie lorſque je vois un pauvre qui nous remercie & nous bénit de fi bon cœur, parce que nous lui avons donné quelque chofe dont nous nous paffons fans peine.

SECOND FILS.

Oui, mon frere; & moi auffi. Cela me fait plus de plaifir que fi j'avois le plus bel oifeau du monde.

PREMIER FILS.

Simon, dites-nous donc pourquoi mon pere & ma mere pleurent de n'être pas riches? c'eft une chofe que je ne puis croire.

SIMON.

Apparemment, c'eft parce qu'ils auroient du fuperflu s'ils étoient riches, & qu'ils pourroient par ce moyen fe procurer plus fouvent le plaifir de foulager les pauvres.

PREMIER FILS.

Ah! fans doute, Simon, vous
l'avez deviné. Et je crois que je
pleurerai auffi à l'avenir de ce que
nous ne fommes pas riches. Mais,
viens, mon frere, rentrons chez
nous; & vous auffi Simon, venez
avec nous.

SCENE VII.

SIMON.

ME voilà feul enfin. Oui, les
voilà rentrés. Commençons par ef-
fuyer cette fueur accablante, nous
rentrerons enfuite, & . . . . . mais
que vais-je leur dire ? l'inquiétude,
je crois, me l'a fait oublier. Allons,
vieux idiot, ne tremble pas. Ferme,

& ne baiſſe pas tant les yeux. Que tu ſçais mal jouer le rôle de trompeur! Je vois bien que je ſuis trop vieux pour apprendre un nouveau métier, & ſur-tout un métier qui eſt ſi fort oppoſé à ma nature. S'il pouvoit me réuſſir pour cette ſeule fois!...... Je dois parler de ce Monſieur que je n'ai jamais vu dans la ville. Bon!.... Ah ciel! voilà mon maître qui vient. Allons, bonne contenance.

SCENE VIII.

ERASTE, SIMON.

ERASTE.

Sois le bien venu, mon bon ami !
N'es-tu pas fatigué? Il y a bien loin
de la ville ici. Tu dois avoir befoin
de te repofer.

SIMON.

Fatigué? Non, je ne le fuis point.
Voici plufieurs chofes néceffaires
que j'ai apportées de la ville.

ERASTE.

Va les quitter dans la cabane &
reviens ici prendre le frais. Notre
fouper fera bientôt prêt. (*Simon fort,
Erafte le fuivant des yeux.*) L'honnête
homme ! Quel plaifir pour moi, fi

je pouvois un jour récompenſer ſes
ſervices! A la vérité je nourris en
ce moment dans mon cœur la plus
douce des eſpérances. J'acheverai
aujourd'hui même la lettre que j'ai
commencée d'écrire à mon pere.
Faſſe le ciel que je n'eſpere pas en
vain! Quels doutes terribles! mais
quel raviſſement, ô Dieu! quelle
joie céleſte, ſi mon pere reconcilié
avec moi, a la bonté de me répondre! Cette douce eſpérance me fait
verſer des larmes; pourrois-je ſupporter la joie de cet heureux événement. Comme mes pleurs arro-
ſeront les caracteres bénis que ſa
main aura tracés..... Quelle terreur, quel déſeſpoir, s'il eſt toujours
inexorable! O Dieu, écoute, écoute
mes humbles prieres; ne m'éprouve
point par un malheur qui eſt ſi fort

au-deſſus de ma foibleſſe. Ne ſouffre
point que mon pere deſcende dans
le tombeau ſans que je ſois rétabli
dans ſes bonnes graces. Mais ſi j'en-
voyois vers lui Simon avec mon fils
aîné? Le voyage eſt long à la vérité; cependant ſi cet aimable enfant remettroit de ſa main innocente
cette lettre à mon pere; ſi, en embraſſant les genoux du vieillard, il
lui demandoit avec inſtance ſa bénédiction pour lui-même & pour moi....
Oui, je ne puis rien faire de mieux.
On fait mille beaux projets dans l'infortune, qui ne ſervent le plus ſouvent qu'à nous rendre notre malheur
mille fois plus ſenſible. Et comment
ſubſiſteroient - ils pendant ce long
voyage? (*Il va & revient d'un air
réveur. Simon reparoît, & ſe tient à
l'écart comme un homme qui craint d'être*

vu: Eraſte l'apperçoit à la fin.) Te voilà revenu, Simon. O mon unique ami ! ſi je pouvois un jour récom-penſer ta fidélité.

SIMON.

Votre bonté me récompenſe tou-jours libéralement du peu que je fais.

ERASTE.

Non, cher Simon, je ne ſerai jamais en état de reconnoître ton amitié. Lorſque mon pere, lorſ-qu'enſuite tout le monde m'eût abandonné, tu fus le ſeul de mes anciens domeſtiques qui t'attachas à moi. Hélas! tu n'avois rien à eſ-pérer à mon ſervice ; j'étois moi-même ſans eſpérance. Tu m'as ce-pendant ſuivi dans mon exil, tu as ſouffert avec moi la faim & l'indi-gence,

gence, & tu as négligé de faire ta
fortune ailleurs.

SIMON.

O mon maître, comme vous avez
l'art de relever le peu que j'ai fait !
Vous ne me perfuaderez jamais que
je vous aie rendu de grands fer-
vices..... Voici.....

ERASTE.

Quoi, mon ami ?

SIMON.

Prenez toujours, prenez,

ERASTE.

Qu'eft-ce donc ?

SIMON.

De l'argent..... que j'ai apporté
de la ville.

d

ERASTE.

Comment ? tant d'argent ! Mais d'où vient ta main tremble-t-elle ?

SIMON.

Ma main ?.... elle tremble ?..... je penfe..... que c'eft de joie.

ERASTE.

Tu balbuties ? Simon, qu'eft-ce donc ?

SIMON.

C'eft de l'argent, Monfieur, c'eft de l'argent. Nous en avons fi grand befoin, & cependant vous ne vous réjouiffez pas.

ERASTE.

A voir ta contenance timide, je ne fais fi je dois me réjouir. Pour l'amour du ciel, mon ami,

tire-moi de cette incertitude. Qui
t'a remis cet argent ?

SIMON.

Mais . . . . . . on m'a défendu de
vous le dire.

ERASTE.

Eh bien ! mon ami, ne m'aliarme
point. Tiens, tu n'as qu'à le repren-
dre. Je ne saurois l'accepter si je
ne sais comment il est venu dans
tes mains.

SIMON.

Et moi . . . . je ne le reprendrai
pas. Que signifient donc toutes vos
façons ?

ERASTE.

'Allons, mon ami, parle.

SIMON.

Je…. en fortant de la ville…
je l'ai trouvé tout au bas de la
montagne.

ERASTE.

Courage, bon vieillard; allons,
mens. Tu ne vois pas que tes pro-
pres paroles te trahiffent.

SIMON.

Je crois que vous favez lire dans
mon cœur.

ERASTE.

Non, je ne le fais point. Mais
lorfque tu veux déguifer la vérité,
tu t'y prends fi mal !….. d'ailleurs
tu te contredis toi-même.

SIMON.

Eh bien, je ne l'ai pas trouvé;
la chofe eft comme je vous ai dit.

ERASTE.

Comme tu as dit ?

SIMON.

Oui, quelqu'un me l'a donné lorfque j'étois dans la ville.

ERASTE.

Ah, Simon ! étoit-ce un de mes
amis ?

SIMON.

Il faut bien qu'il le fût. Il étoit
fi honnête ; il m'a demandé fi j'étois
toujours à votre fervice.

ERASTE.

Allons, acheve.

SIMON.

Je lui ai répondu qu'oui ; & il
m'a donné l'argent pour vous le
remettre.

ERASTE.

Tu n'as donc pas connu cet hon‑
nête homme ?

SIMON.

Non, je vous l'ai déjà dit, je
ne me souviens pas de l'avoir vu.
(*A part.*) Ah ! si cet entretien pou‑
voit finir.

ERASTE.

Oh ! oui, je crois aussi que tu
ne l'avois jamais vu. Mon ami, tu
veux donc me tromper aujourd'hui
pour la premiere fois?

SIMON.

Mais, je vous ai dit vrai........
& je vous demande pardon. Trou‑
vez bon que j'aille au jardin; j'y
ai affaire. (*Il s'en va.*)

ERASTE.

Voilà qui eft fingulier! Il y a là
dedans un myftere que je ne puis
comprendre. C'eft un homme plein
de probité; mais qu'il eft inquiet!
Sa derniere hiftoire me paroît auffi
fauffe que la premiere. Comme il
trembloit! Je ferois peut-être bien
de le fuivre dans le jardin. Je ne
faurois être tranquille, fi je ne vois
plus clair dans cette affaire. (*Il veut
s'en aller.*)

SIMON.

(*Il revient lentement, & s'arrête les
yeux baiffés.*)

Pardonnez-moi, Monfieur.....
je ne puis fupporter d'avoir voulu
vous tromper. Cela me tourmente-
roit toute ma vie. Je vais dire tout,
afin que vous jugiez fi ce que j'ai

fait eft auffi mal que ma confcience voudroit me le faire croire. Je....

E R A S T E.

Je t'en conjure, pour l'amour de Dieu ! parle.

S I M O N.

Je l'ai....pris à un voyageur.

E R A S T E.

Pris ! comment ? pris !

S I M O N.

Vous allez tout favoir.... Etant forti des portes de la ville, j'ai monté à travers ces buiffons qui conduifent à notre défert. Arrivé fur la hauteur, je me fuis affis pour me repofer. Fixant de là mes regards fur la ville qui paroiffoit dans le lointain, je confiderois les fuperbes palais de ces diffipateurs qui

femblent avoir pour eux feuls la
fortune à leurs gages, qui laiffent
morfondre à leur porte les malheureux fans les fecourir, & qui fe plon-
gent, en diffipant leurs richeffes,
dans les plus fales voluptés. J'enra-
geois de voir que leur avidité s'em-
pare en tous lieux de ce qu'il y a de
meilleur ; & qu'un feigneur, un honnête homme comme vous, le meilleur des maris, & la femme la plus
vertueufe qui foit fur la furface de la
terre, foient fans fecours, fans ap-
pui, abandonnés du monde entier.
J'entrois en fureur en penfant à notre cruelle fituation. Comment, me
difois-je à moi-même, nous n'avons
pas un morceau de pain dans notre
cabane, tandis qu'une foule d'infenfés, qui méritent à peine d'avoir
de l'eau, dépenfent plus en un jour

pour des folies, qu'un honnête homme ne dépenferoit en un an pour
fa fubfiftance ; tandis qu'un joueur
perd de fang froid fur une carte
plus d'argent qu'un homme induftrieux n'en gagneroit par fon travail
dans une année, & jure comme un
poffédé fi un malheureux perclus
de fes membres lui demande un
liard ; tandis que des infames donnent plus d'argent pour féduire une
fille d'honneur, qu'il n'en faudroit
à un homme de probité pour élever
toute fa nombreufe famille. Eft-il
jufte que l'on partage ainfi les biens
de la fortune ? Ne font-ils pas faits
pour tous les hommes? Eft-il permis
qu'un feul abufe de ce qui fuffiroit
pour des milliers? C'eft ce que je
penfois. Cependant j'ai repris mon
fardeau, & je me fuis remis en

chemin, me livrant au dépit le plus amer. J'ai vu un cavalier, magnifiquement vêtu, qui s'avançoit vers moi par un sentier détourné. Comment, ai-je dit, quel mal y auroit-il que cet homme-ci partageât sa bourse avec moi ? O ciel ! non, cela ne peut pas être injuste. Le chagrin me rendoit hardi, & la conscience m'intimidoit. Allons, qu'il me donne la moitié de son argent ; oui, morbleu, il faut qu'il me la donne ; elle suffira pour nous faire subsister long - temps. Je ne veux point l'abondance ; mais est-il juste que nous périssions de faim ? Je m'abandonnois à ces pensées, lorsque je me suis trouvé vis-à-vis du cavalier. Je jette mon fardeau dans les buissons ; j'étois comme entraîné malgré moi ; jamais mon cœur n'a

battu avec tant de violence. Arrête,
lui ai-je dit, en bégayant ; je tenois
d'une main la bride de fon cheval,
& de l'autre mon couteau de chaffe.
Donne-moi tout-à-l'heure la moitié
de l'argent que tu as fur toi, & garde-toi de crier, car j'appellerois
mes camarades qui ne font pas loin,
& tu n'en ferois pas quitte à fi bon
marché. Le cavalier avoit encore
moins de courage que moi, fans
quoi il fe feroit bien apperçu que
j'étois couvert de fueur, & que je
ne tenois la bride qu'en tremblant.
Il m'a livré cette bourfe. J'ai été me
cacher, pâle comme un mort, au
milieu des buiffons. Il me fembloit
que je fortois d'un rêve. Enfin, de
quelque côté que je confidere cette
affaire, je ne crois point avoir mérité la corde.

ERASTE.

O ciel! un honnête homme!
Simon, comment as-tu donc pû te
réfoudre à une pareille démarche?

SIMON.

Ah! je voudrois que l'argent fe
fût fondu dans mes mains!..... Mais,
non. Faites-y attention. Toutes les
circonftances parlent en ma faveur.

ERASTE.

Non, Simon, il n'eft pas de
circonftances qui puiffent excufer
un crime réfléchi.

SIMON.

Mais je n'ai pas crû commettre
un crime.

ERASTE.

Je ferai inquiet jufqu'à ce que cet

argent ait retrouvé fon légitime poffeffeur.

S I M O N.

Mais comment le trouver ? maudit argent ! Si vous faviez ! Il me l'a donné avec l'air d'un homme qui peut s'en priver fans peine. En effet, c'eft fans doute une bagatelle pour lui ; la fomme ne vous paroît fi confidérable que parce qu'il y a long-temps que vous n'avez vu tant d'argent à la fois.

É R A S T E.

Mais eft-on en droit d'enlever à qui que ce foit la moindre partie de ce qu'il poffède ? Jamais. Va, Simon ; cours fur la hauteur voifine d'où l'on découvre le grand chemin, tu pourras encore retrouver ce voyageur.

SIMON.

Vous voudriez donc.....?

ERASTE.

Eh bien, quoi?

SIMON.

Que j'allasse lui rendre son argent, moi, moi-même?

ERASTE.

Tiens, je te le remets; vois ce que tu dois faire.

SIMON.

Allons, je m'en vais monter promptement sur la hauteur, & je ferai de mon mieux pour le découvrir. Ecoutez; n'entends-je pas le bruit d'un cheval? Qui pourroit-ce être? Ah! si j'étois découvert! Ne vient-on pas m'enlever, pour me prendre peut-être? Mais pourquoi aller au-devant de tout ce qui peut m'arriver de pire? Voici quelqu'un qui arrive. Au diable!.....C'eſt mon voyageur.

SCENE IX.

CLEON, ERASTE, SIMON.

CLEON, *en bottes.*

Monsieur, je me ſuis égaré dans la forêt voiſine, & j'ai perdu mon domeſtique, qui m'avoit quitté pour chercher le chemin. Pardonnez-moi, je vous prie, ſi je viens vers vous.... (*Appercevant Simon.*) Ah! ciel! je ſuis perdu!

SIMON.

C'eſt lui, ma foi! (*Il ſe retire doucement au fond du théatre.*)

ERASTE.

ERASTE.

D'où vient me paroiffez-vous fi troublé, Monfieur ?

CLEON.

Je vous fupplie, Monfieur, de vouloir bien m'épargner. Monfieur que voilà, a eu la bonté de me demander feulement la moitié de ce que j'avois. Je lui ai donné beaucoup davantage fans compter. Il ne me refte précifément que ce qui m'eft néceffaire pour continuer mon voyage.

ERASTE.

Pardon, mille fois. Non, Monfieur, vous n'êtes point tombé ici entre les mains d'une troupe de voleurs. Nous fommes des infortunés qui avons quitté le monde pour nous

e

retirer dans ce defert. Pardonnez-
nous la frayeur que nous vous avons
caufée. On va vous rendre tout ce
qui vous a été pris. Simon!

S I M O N.

(*Il s'approche tout effrayé.*)
Monfieur, vous me voyez tout
confus devant vous. Permettez-moi
de vous reftituer cet argent que je
vous ai enlevé tantôt, pouffé par un
malheureux moment & par le défefpoir. J'allois dans l'inftant même
courir après vous pour vous le rendre. Notre pauvreté extrême, & la
cruelle fituation où fe trouvent mon
digne maître & fa vertueufe famille,
m'ont fait commettre une action
dont je n'euffe jamais été capable
dans d'autres circonftances. Dieu
veuille me le pardonner! Tenez,

Monſieur, reprenez, reprenez promptement ce fardeau qui m'auroit
tourmenté toute ma vie. (*Pendant
que Simon parle, Eraſte conſidére l'é-
tranger avec beaucoup d'attention.*)

CLEON (*à Eraſte.*)

Pardonnez-moi, Monſieur, l'injuſtice que je vous ai faite. Je vous
plains. Je vous prie de garder ce
peu d'argent. Je ne le reprendrai
point. Je voudrois avoir avec moi
une plus grande ſomme, & vous
procurer un ſecours plus conſidé-
rable. Mais on ne ſe ſurcharge point
en voyage.

ERASTE.

Vous nous pardonnerez, s'il vous
plaît, Monſieur. Nous n'accepterons
pas cette ſomme. Ce ſeroit une injuſtice à nous de vous priver d'un

argent qui vous eſt néceſſaire pour
vous procurer les commodités du
voyage. (*A part.*) Dans quels doutes, grand Dieu! me jettent cet air
& ces traits!

CLEON.

Comment! vous ne me permet-
trez pas de vous rendre le moindre
des ſervices? Il me reſte encore aſſez
d'argent pour achever commode-
ment mon voyage, & je vais donner la ſomme à cet homme, qui me
paroît être votre domeſtique.

SIMON.

Pour moi, je n'y ferai point de
façons. Je l'accepte, Monſieur, &
je vous en rends mille aſtions de
graces.

ERASTE.

Je vous fais donc mes remerci-
mens, Monfieur. Oh Dieu ! je n'é-
tois pas autrefois dans cette fituation. Je n'ai pas toujours été privé
du plaifir, du plaifir fi doux de faire
du bien aux autres. Pardonnez,
Monfieur , pardonnez mes larmes.

CLEON.

Mon ami; permettez-moi de vous
appeller de ce nom ; vos manieres
nobles me difent que vous n'êtes
pas un homme du peuple. Vous
avez, fans doute, effuyé des malheurs.

ERASTE.

Ah, Monfieur ! il ne nous eft
refté que la vertu, & une confcience
fans reproche.

CLEON.

Que votre fort eſt digne d'envie,
mon ami ! Je ſuis abondamment partagé des biens de la fortune; mais que
je donnerois volontiers tout ce que
j'ai pour le repos de ma conſcience!
J'ai fait une injuſtice dont le ſouvenir me tourmente ſans ceſſe. Sem-
blable à un ſpectre épouventable,
le remords s'attache à tous mes pas;
& il me paroît, hélas ! que je n'aurai
pas le bonheur de réparer ma faute.
Oui, Monſieur, mêlez vos larmes
aux miennes, je mérite votre pitié.
Qu'ils feront terribles, grand Dieu !
qu'ils feront affreux les jours que
ma vieilleſſe me réſerve encore, à
moins que je ne retrouve les victimes de mon injuſtice. Vous êtes
encore jeune; conſervez, conſer-

vez foigneufement pour vos vieux jours le noble tréfor d'une confcience pure. Quel malheur, grand Dieu ! que l'on eft à plaindre, lorfque les tourmens de la confcience déchirent la foirée de notre vie, & pourfuivent notre vieilleffe jufque dans le tombeau. Malgré l'affoibliffement de l'âge, je fupporte depuis long-temps les plus grandes fatigues des voyages pour trouver lés veftiges de ceux que ma faute a peut-être réduits à la plus grande mifere, dont l'indigence, hélas! a peut-être déjà fini la malheureufe vie. Apprends-moi, grand Dieu! quelle eft la terre qui couvre leur poufliere, quel eft le ciel, quel eft le climat qui laiffe tomber la pluie & la rofée fur leur cendre paifible, afin que je coure, que je vole fur leur tombeau ; je dépoſerai là ces cheveux que l'âge a blanchis ; j'y paſſerai dans les larmes le reſte de mes jours, & j'y attendrai la mort, que j'appelle depuis tant de temps. Malheureux pere que je ſuis ! vous pleurez, mon ami ; que je ſuis ſenſible à votre pitié. Je la mérite, oui, Dieu ſçait ſi je la mérite !

E R A S T E.

(*A part.*) Que le malheur nous rend avides d'eſpérance, & où ne croit-on pas la retrouver ? O ciel ! non, cela ne peut pas être ; non. (*A Cléon.*) Oui, Monſieur, votre ſort m'afflige. Vous êtes un pere malheureux, & vous voyez en moi....

SCENE DERNIERE.

LUCINDE, LES ACTEURS PRÉCÉDENS.

LUCINDE.

COMMENT, mon ami, tu laiſſes ici au ſerein ce reſpectable vieillard, qui eſt ſans doute fatigué de ſon voyage. Voudriez-vous, Monſieur, vous donner la peine d'entrer dans notre cabane. Vous pourrez vous y repoſer & profiter des petites commodités que notre pauvreté nous permet de vous offrir.

CLEON.

Avec plaiſir, Madame, puiſque vous le permettez. Je ſens que je trouverai en vous la plus agréable compagnie du monde.

SIMON.

Ah, Monſieur! que vois-je, grand Dieu! ne me trompé-je point? O Ciel! que trouvé-je là parmi cet argent?

ERASTE.

Eh bien, qu'eſt-ce?

SIMON, (*à Cleon.*)

Eſt-ce vous-même, Monſieur, eſt-ce votre nom que je trouve ſur ce billet. (*Il lui met le billet entre les mains.*)

CLEON.

Oui, c'eſt moi.

SIMON.

O Dieu! Embraſſez-vous donc. Oh, les larmes m'en viennent aux yeux; j'en pleure de joie. Embraſ-ſez-vous donc! Voici votre pere,

Monſieur! Et vous, Monſieur, voilà
Eraſte , votre fils ; voilà Lucinde.....

ERASTE.

O Dieu! mon pere! (*Il ſe jette
avec Lucinde aux genoux de Cleon.*)

CLEON.

Mes enfans ! ô Dieu! la joie
m'ôte la parole. Mon fils! ma fille!
C'eſt donc vous que je vois; c'eſt
vous que l'indigence a ainſi défi-
gurés! O ciel! que de maux mon
injuſtice vous a fait ſouffrir. Mais,
oui, tu es mon fils. Ce ſont là tes
traits, que de trop longs chagrins,
hélas! ont altérés. Grand Dieu, par
quelle voie merveilleuſe & inopi-
née tu me conduis au bonheur!

ERASTE.

Ah! mon pere! mon cher pere!

LUCINDE.

Et moi oferai-je vous nommer de ce nom ? Permettrez-vous à votre fille de mouiller cette main avec les larmes de la joie ? O mon pere !

SIMON, *(amenant de la cabane les deux enfans.)*

Et vous auffi, mes enfans, mettez - vous à genoux devant votre pere. Le ciel en un inftant met le comble à notre bonheur. En vérité, je ne me fens pas de joie.

CLEON.

Levez - vous, mes enfans. Soutiens-moi, mon fils. Mon raviffement eft au-deffus de mes forces. Embraffez-moi, embraffez-moi tous. Ce font ici tes enfans ? Lucinde, ma fille ; Erafte, mon cher fils ; recevez

ma bénédiction. O Dieu, maître su-
prême du ciel, tu as fini mes tourmens. Il y a trois ans qu'un remords
persécuteur qui s'est éveillé en moi,
me fait souffrir des tourmens inex-
primables ; il y a trois ans qu'une
maladie douloureuse m'a conduit
aux bords du tombeau ; & l'injustice
que je t'ai faite, remplissoit d'horreurs les approches de la mort. J'ar-
rosois mon lit de mes larmes ; le
désespoir mettoit sans cesse ton nom
dans ma bouche. Grand Dieu, m'é-
criois-je, rends-moi la santé & la
vie! Ne m'enleve pas au milieu du
chagrin qui me dévore ! Fais que
je retrouve ce cher fils ! que je
pleure mon injustice dans ses bras,
qu'une heureuse réconciliation tran-
quillise ma conscience, & que j'expire ensuite sur son sein! Il y a long-

temps que je te cherche, ô mon fils, & que je te cherche inutilement! Béni foit le moment qui te rend à moi. Quel bonheur, quels délices pour le refte de mes jours. Pardonnez-moi, mes enfans; pardonnez-moi mon injufte févérité. J'en ai affez long-temps porté la peine.

E R A S T E.

Mon pere !

L U C I N D E.

Ne vous faites point de reproches; j'ofe vous en fupplier. Ayez la bonté d'entrer dans la cabane; nous avons tous befoin de repos pour remettre nos efprits.

Fin de la Paftorale.

IMITATION

DU

POËME DE LA NUIT.

DE M. GESSNER.

IMITATION

IMITATION

DU

POËME DE LA NUIT,

DE M. GESSNER.

Paisible Nuit, dont les ténebres m'ont furpris fur ce gazon, que tu es belle ! Quel calme délicieux tu répands fur la Nature qui fommeille autour de moi ! Quel raviffement ! Mon cœur eft enivré d'une joie pure & innocente, qu'il goûte pour la première fois.

Je contemplois le Soleil qui def-cendoit infenfiblement fous les eaux.

A

Déjà l'or de sa tête radieuse étoit
à moitié caché dans le sein des
ondes, & mes regards soutenoient
l'éclat tempéré de ses feux.

Je voyois les nuages légers qui
l'entouroient, se teindre de pourpre; ils s'étendoient, comme un
voile doré, sur les côteaux rians,
sur les bois & sur la plaine. Les
oiseaux achevoient leurs concerts,
& voloient, suivis de leurs compagnes, dans leurs nids mollement
suspendus. Le Berger retournoit, en
chantant, dans sa cabane : alors un
doux sommeil vint m'assoupir sur
un lit de verdure.

Qui m'a réveillé? Est-ce toi,
tendre Rossignol, ou quelque Faune
en poursuivant une Nymphe timide,
qui s'échappe à travers le bosquet?

Que mes yeux aiment à pénétrer,

dans l'obfcurité charmante de ces bois, afyle du filence! Que j'aime à voir la Lune percer de fes rayons argentés la voûte tranfparente des feuilles qu'agite un doux frémif-fement.

Aimable violette, qui partages avec la rofe les honneurs de l'empire de Flore, toi qui règnes pendant la nuit, comme elle règne pendant le jour; & vous, fleurs, qui environnez votre reine, comme vous embaumez ces lieux! En vain les ténebres cachent à mes regards vos couleurs vives & variées, les parfums que je refpire vous décelent. Dans votre fein odorant repofent les jeunes Zéphirs qui dans la journée fe font fatigués en fe jouant autour de vous; le matin, ils s'é-veillent aux premiers rayons de

l'Aurore, & vont éparpiller dans
les airs les gouttes brillantes de
rofée dont leurs ailes font cou-
vertes.

Quel-eſt ce bruit diſcordant qui
trouble le ſilence de la Nature ? ce
ſont les habitantes des marais, qui
adreſſent à la Lune les ſons de leur
voix enrouée, les unes du fonds
de leurs roſeaux, les autres ſur les
bords de leurs retraites humides :
elles reſſentent autant de plaiſir à
faire entendre leur triſte chant,
qu'en éprouve un roſſignol à faire
retentir les bois de ſes accens mélodieux. C'eſt ainſi qu'un Poëte
obſcur, qui rampe au bas du ſacré
Vallon, invoque ſon Mécène, dans
l'eſpérance qu'il vêtira ſa muſe in-
digente, & calmera la faim qui la
preſſe. Il a beau marteler ſon cer-

veau stérile; en vain ses doigts se
fatiguent à parcourir les cordes de
sa lyre, il n'en tire que des sons
languissans; & cependant, charmé
de lui-même, il croit égaler l'harmonie des Chantres divins qu'inspire
Apollon.

Derrière cette prairie je vois une
colline couverte de jeunes chênes.
Les rayons de la Lune & les ténebres de la Nuit y présentent aux
yeux un agréable mélange de lumière & d'obscurité. J'entends d'ici
le murmure du ruisseau qui en baigne
le pied : il se précipite dans le vallon, en formant une écume blanche
comme la neige, & ses eaux lim-
pides arrosent les fleurs sans nombre
qui bordent ses rives.

Que vois-je luire sur ce gazon?
il semble que ce soit une petite

lampe prête à s'éteindre; elle eſt
foible & pâle comme celle d'un Sa-
vant qui, pendant la nuit, s'endort
ſur des livres poudreux, tandis que
ſa triſte épouſe veille dans ſa couche froide & déſerte, en maudiſ-
ſant la ſcience ſtérile. Muſe, conte-
moi qui a pû donner à un ver cet
éclat dont il brille dans les ténebres.

Jupiter, dont le cœur fut plus
d'une fois ſenſible aux appas des
Mortelles, aima un jour une Bergere, jeune & charmante. Junon
s'apperçut de cette nouvelle infi-
délité, & s'attacha ſur ſes pas.
La jalouſe Déeſſe n'imitoit guères
la modération des Dames de nos
jours, qui, à l'ombre du myſtère,
goûtent une vengeance douce &
paiſible, quand un époux volage,
épris d'une jolie Suivante, ſe dé-

robe pendant la nuit du lit nuptial.
Ses yeux perçans crurent reconnoître Jupiter qui, dans un bofquet,
fous la forme d'un papillon, folâ-
troit fur le fein d'une jeune Mortelle. D'un nuage elle confidéroit,
avec des regards enflammés de colè-
re, cette étonnante métamorphofe :
« Un infecte volant, fe difoit-elle,
» peut-il reffentir de l'amour pour
» une Bergere » ? Elle parloit ainfi,
quand tout-à-coup le papillon de-
vint Jupiter, & de fes ailes éten-
dues couvrit la Mortelle effrayée.
A cette vue, tranfportée de rage :
« Tu feras, dit-elle à cette Bergere
» innocente, ce qu'étoit ton Amant
» avant fon crime ; &, pour t'humilier
» encore plus, tu ramperas fur la
» terre ». Ces mots étoient à peine
achevés, que Jupiter fentit s'échap-

per de fes bras fa Nymphe malheureufe, & la vit fe traîner lentement
fur le gazon. Junon, pour perpétuer
le fouvenir de fa vengeance, déroba
à l'étoile du Soir un de fes rayons,
& l'attacha à l'extrêmité du corps
de fa rivale.

Quel fpectacle nouveau vient en-
chanter mes regards ! Je vois des
nuages d'argent nager entre la terre,
& la voûte azurée des cieux par-
femés de fleurs d'or : de petits
Amours, dont les ailes font à peine
cotonnées d'un léger duvet, fe
jouent fur la frange éclatante de ces
nuages. Ce font eux qui font pleu-
voir goutte-à-goutte la rofée rafraî-
chiffante fur les raifins altérés, & fur
la pourpre des rofes : ils ont éprou-
vé, ces Dieux malins, combien les
fucs pétillans de la vigne, combien

le parfum d'une jeune rofe font fé-
duifans pour les Bergeres.

Mais la Lune s'eft enveloppée
d'un voile fombre & fluide : aimable
Déeffe, pourquoi t'es-tu cachée ?
Veux-tu favorifer un Amant à qui
tes rayons indifcrets font craindre
d'être furpris ? ou veux-tu dérober
à mes yeux Endymion qui repofe
dans tes bras ?

Ah ! diffipe cette obfcurité, brillante Déeffe ! Que ton flambeau
guide mes pas à cette fource d'eau
vive, où ma Bergere, dans les jours
brûlans de l'été, rafraîchit fes appas.
Elle eft ombragée par de jeunes
faules dont les branches entrela-
cées forment autour d'elle un mobile rideau : de tous les côtés il eft
impénétrable à l'œil curieux d'un
Amant; mais l'Amour, fecondé par

le temps, m'a creufé une cachette
dans le tronc d'un vieux faule; faule
que je chéris plus que le myrthe
de Vénus. Il y a pratiqué une ou-
verture, à travers laquelle je puis
voir ma maîtreffe dans le bain,
fans être apperçu. M'y voilà arrivé.
Je ne me trompe pas. A la vue
de ce lieu charmant, mon cœur
palpite encore de la joie dont il
fut un jour pénétré. Au coucher
duS oleil, dont les ardeurs avoient
été plus vives que jamais dans cette
journée, ma Bergere me quitta;
elle feignit de regagner fa cabane:
mais je me doutai de fon deffein.
Je pris un détour & vins me cacher
dans le tronc de ce faule. Elle
arriva bientôt, s'affit fur une pierre
couverte de mouffe, & jetta de tous
côtés des regards inquiets, ainfi

que l'oifeau qui, perché fur une branche, a toujours l'œil au guet, & s'allarme du moindre fouffle. Les feux qui doroient encore l'horizon, fe confondant avec le crépufcule, formoient un tendre demi-jour, capable de raffurer fa pudeur. Elle quitta d'abord fa chauffure, & découvrit à mes yeux des jambes déliées, fermes, arrondies & plus blanches que les lys. D'un pied elle effleura la furface de l'eau; &, faifie de fa première fraîcheur, elle fe retira fur le champ : elle y plongea l'autre avec plus de courage, & defcendit dans la fontaine jufqu'aux genoux. Je n'y perdis rien, & mes regards perçoient fans peine le cryftal tranfparent. Un inftant après, elle fortit de l'eau, & commença à fe dépouiller du refte de fes vêtemens.

Hors de moi-même, j'allois me précipiter dans fes bras, quand un vent
froid, ennemi fans doute des Amans,
vint à s'élever, & la força de re-
prendre fes habits pour retourner
à fa cabane. Heureufe cabane! je
te vois d'ici; des nuages laiffent
dans l'obfcurité celles qui t'environnent, tous les rayons de la Lune
femblent s'être réunis fur toi. Afyle
de l'innocence & de la beauté, ô
combien je payerois le bonheur
d'habiter fous le chaume qui te couvre! C'eft donc là que repofe ma
Bergere, & qu'elle repofe feule?
Qu'elle doit être belle dans les bras
du fommeil! Zéphirs, dont les dou-
ces haleines agitent l'air autour de
moi, partez; volez dans fa cabane;
&, de vos ailes careffantes, rafraî-
chiffez fon teint de rofe. Morphée,

pere des fonges légers, ne préfente
à fon efprit que des images gra-
cieufes, charmantes comme le doux
fourire de fa bouche. Offre-lui fon
Berger tendre & fidele ; difpofe
fon cœur à reffentir plus vivement
l'ivreffe de l'amour : qu'elle croie
me voir à fes pieds, couvrant de
baifers fa belle main; profite alors
de cet heureux moment, pour en-
hardir fa pudeur, pour affoiblir fa
refiftance. Ah ! fi tu peux la vain-
cre, je te confacrerai une grotte
qui n'eft connue que de ma Bergere
& de moi; je t'y offrirai une guir-
lande de fleurs nouvelles, que je
l'engagerai de cueillir & de treffer
elle-même. Dès que je la reverrai,
je jugerai fans peine fi je te dois
de la reconnoiffance. Ses yeux, pétillans d'un feu plus vif, m'inftruiront

des plaifirs dont elle m'aura comblé
pendant la nuit : elle ne m'empê-
chera pas d'appuyer un doux baifer
fur fes lèvres vermeilles ; fon langage fera plus animé, & fon cœur
plus tendre.

O NUIT charmante, qui m'infpires
des idées fi flatteufes, fi riantes ;
que je craindrois de te voir finir,
fi je n'efperois que le jour qui va
te fuivre me rendra plus heureux
encore !

TRADUCTION
DE LA DESCRIPTION
DU DELUGE,
En Allemand,
Par M. GESSNER.

DÉJA les tours les plus hautes
étoient cachées fous les eaux, & le
genre humain n'avoit plus d'autre
afyle que le fommet d'une montagne qui s'élevoit encore au-deffus
des flots. Autour d'elle on entendoit
les cris des malheureux qui s'effor-
çoient en vain d'atteindre fa cime,
& que la mort pourfuivoit fur les
vagues écumantes. Dans ce moment
une colline fe détache de la montagne, s'abyme dans les flots & entraîne dans fa chûte tous les infor-

tunés dont elle étoit couverte. Le
fils eft précipité en tendant la main
à fon pere accablé de vieilleffe ;
les foibles enfans meurent engloutis
dans les bras de leurs meres. Les airs
retentiffent au loin des hurlemens
affreux des hommes & des animaux
qui périffoient enfemble dans les
gouffres de la mer : il n'y eut plus
alors que la cime la plus élevée de
la montagne qui fut préfervée de la
deftruction générale. Phanor, jeune
berger, y avoit porté fon Amante;
il avoit arraché Sémire aux ondes
furieufes ; & , malgré tous les flots
déchaînés, l'Amour, l'Amour vainqueur, l'avoit fauvée du trépas. Ils
étoient nés tous les deux dans les
campagnes fertiles qu'arrofe l'Eu-
phrate. Phanor étoit le plus aimable
& le plus riche des habitans de la
contrée;

contrée ; Sémire étoit la plus belle
& la plus vertueufe de fes compagnes : l'Hyménée alloit combler
leurs defirs, & le jour affreux, le
jour épouvantable où Dieu avoit
réfolu de punir les crimes de l'Univers, étoit le jour même qui devoit
les rendre heureux. Tout avoit difparu dans les abymes profonds de
la mer ; &, feuls, ils furvivoient au
naufrage du genre humain. Les vagues mugiffoient fous leurs pieds; la
foudre grondoit , éclatoit au-deffus
de leurs têtes : autour d'eux régnoit
une horrible nuit dont les éclairs
ne perçoient les ténebres, que pour
offrir à leurs regards des cadavres
livides , & le tombeau de la Terre.

Sémire preffoit fon bien-aimé fur
fon fein; fes bras foibles & trem-
blans le ferroient fur fon cœur; elle

B

en reſſentoit moins vivement les
horreurs de ſon deſtin. « Mon cher
» Phanor, lui diſoit-elle, il n'eſt plus
» de ſalut pour nous ; il faut périr ; la
» vengeance céleſte nous environne
» de toutes parts. Entends-tu les rugiſ-
» ſemens de la mer, les éclats de la
» foudre ? il n'eſt plus de ſalut ; il faut
» périr. O mort ! étoit-ce toi qui de-
» vois unir nos deſtinées ? O mon
» Dieu ! ô mon juge ! la voilà qui ſe
» précipite vers nous. Comme elle
» s'élance ſur chacun de ces flots !
» Soutiens-moi dans tes bras, Phanor ;
» ils m'entraînent ; ils m'entraînent
» encore ; ſoutiens-moi, mon bien-
» aimé ; je ſuccombe ». A ces mots ſes
yeux ſe ferment, ſa voix s'éteint,
elle tombe ſans force ſur ſon Amant.
Phanor éperdu ne voit plus alors
étinceler les feux du ciel ; il ne voit

plus la mer qui mugit & bouillonne
autour de lui, il ne voit que Sémire
mourante. L'amour, le défefpoir lui
rendent toute fa vigueur; il la ferre
dans fes bras; il l'arrache du milieu
des flots; il couvre de baifers fes
joues pâles & glacées p   'es torrens de la pluie. « Sémire   lui dit-il,
» ma bien-aimée Sémire, réveille-toi;
» reviens encore à cette fcène d'hor-
» reur; jette encore une fois les
» yeux fur moi; que ta bouche me
» dife encore une fois que tu m'ai-
» mes jufqu'à la mort; répéte-le-
» moi encore une fois, avant que
» les flots nous engloutiffent ».

Il dit; elle s'éveille & jette fur
lui un regard plein de tendreffe &
d'une douleur inexprimable : elle
porte enfuite la vue fur la deftruction. « O Dieu! ô notre Juge! s'écrie-

B ij

» t-elle, n'eſt-il plus de ſalut ? n'eſt-il
» plus de pitié pour nous? Oh, com-
» me les vagues ſe précipitent! Quels
» horribles éclats de tonnerre! ô mon
» Créateur, ta vengeance eſt-elle
» inexorable ? Hélas! tu le ſçais; nos
» années ont coulé dans l'innocence.
» O toi, le plus vertueux des enfans
» des hommes, comment as-tu méri-
» té..... Malheur, malheur à moi! j'ai
» vu périr ceux qui faiſoient les déli-
» ces de ma vie; je t'ai vu périr, ô toi
» qui me donnas le jour ! O ſouvenir
» cruel! je te preſſois dans mes bras,
» & toi, tu ſoulevois vers ta fille ta
» tête appeſantie; tu ſoulevois tes
» mains paternelles pour me bénir
» encore une fois, quand les flots
» t'ont ſubmergé. Hélas ! ils ont en-
» glouti ce que j'avois de plus cher;
» & cependant, Phanor, toute la terre

» enfevelie fous les abymes, feroit
» pour moi le jardin d'Eden, fi le ciel
» te laiffoit à ma tendreffe. O mon
» Dieu! n'eft-il plus de falut? n'eft-il
» plus de pitié pour nous? L'inno-
» cence de notre vie ne pourra-t-elle
» fléchir...... Mais où m'emporte
» ma douleur? pardonne, ô mon
» Juge! que ma mort expie mon
» murmure. Que l'innocence même
» eft coupable à tes yeux »!

Phanor retint fa bien-aimée qu'un
coup de vent fit chanceler, & lui
dit: « Oui, ma chere Sémire, notre
» heure eft arrivée; les efpérances
» que formoit notre amour font éva-
» nouies; cet inftant eft le dernier de
» notre vie; mais ne l'attendons pas
» comme des réprouvés. Il faut périr:
» mais, ma bien-aimée, au-delà de
» cette vie mortelle réfident la joie &

» l'éternité. Élevons notre ame vers
» le Dieu qui nous a créés ; diffipons
» nos frayeurs : nous allons tomber
» dans fon fein paternel. Embraffe-
» moi , & attendons ainfi notre fort.
» Bientôt, ma chere Sémire, du mi-
» lieu de cette horrible deftruction ,
» nos ames remplies du fentiment
» d'un bonheur ineffable, vont s'élan-
» cer vers le ciel. O mon Dieu ! nous
» ofonſ former cette efpérance : oui,
» Sémire , élevons nos mains vers
» l'Éternel. Eft-ce à de foibles créa-
» tures à vouloir pénétrer dans l'a-
» byme de fes jugemens ? Celui qui
» nous a animés du fouffle de vie, en-
» voie la mort au jufte comme au pé-
» cheur : heureux celui qui a marché
» dans les voies de la vertu ! Nous
» ne te demandons plus la vie, ô mon
» Dieu ! prends-nous dans ta juftice :

» mais ranime en nous cette efpé-
» rance, cette heureufe efpérance
» d'un bonheur ineffable, que la
» mort ne pourra plus troubler.
» Gronde alors, tonnerre affreux!
» éclate fur nos têtes! mer furieufe,
» engloutis-nous! Que le Dieu jufte
» foit béni ; qu'il foit la derniere
» penfée de notre ame & le dernier
» fentiment de nos cœurs ».

Le courage & la joie ranimerent
le vifage de Sémire ; les rayons de
l'immortalité fembloient briller déjà
fur fon front doux & ferein. « Oui »
dit-elle, en levant les mains vers le
ciel, » oui, je fens cette heureufe
» efpérance. Que ma bouche loue le
» Seigneur : mes yeux, répandez des
» larmes d'allégreffe jufqu'à ce que
» la mort vienne vous fermer. Une
» éternelle félicité nous attend, mes

B iv

» bien-aimés, vous nous avez été en-
» levés ; mais bientôt, bientôt, nous
» allons vous être réunis. Les juftes
» environnent le thrône du Tout-
» puiffant ; il les raffemble en fa pré-
» fence de toutes les parties de l'Uni-
» vers. Gronde, tonnerre ! fifflez,
» vents impétueux ! mugiffez, flots
» vengeurs ! vous êtes les organes,
» vous êtes les cantiques de fa juftice.
» Regarde, mon bien-aimé ; em-
» braffe-moi. Vois-tu cette vague
» écumante ; elle nous apporte la
» mort ! Embraffe-moi ; ne me quitte
» pas. Oh ! déjà les flots me foulé-
» vent ; ils m'engloutiffent. . . . .
» Je t'embraffe, dit Phanor ; je ne te
» quitte pas, ma chere Sémire. O
» mort, tu viens combler nos vœux !
» que la juftice éternelle foit louée».
Ils parlerent ainfi, & ils périrent en
fe tenant étroitement embraffés.

FRAGMENT

EN VERS

De cette même Defcription.

L'UNIVERS n'étoit plus qu'une humide campagne.
Seule, au milieu des eaux, une vafte montagne
Sembloit braver encor la colere des Cieux ;
Elle retentiffoit des cris des malheureux
Qui, des flots deftructeurs victimes échappées,
Couvroient de toutes parts fes côtes efcarpées.
Sufpendus dans les airs, luttans contre la mort,
Ils prolongeoient du moins leur déplorable fort ;
Lorfque de la montagne ébranlant les racines,
Les vagues en courroux détachent les collines
Qui fervoient de refuge à ces infortunés.
Leur afyle, en tombant, les a tous entraînés.
L'enfant meurt, englouti dans les bras de fa mere;
Le fils roule, & s'abyme en fecourant fon pere.
De la montagne alors le fommet élevé,
Dès eaux qui l'entouroient refta feul préfervé.
Phanor, jeune berger, y porta fon Amante ;
Il arracha Sémire à la mer écumante:
Et, malgré tous les flots déchaînés fur fes pas,
L'Amour, l'Amour vainqueur, les fauva du trépas.

Tout avoit difparu dans les gouffres de l'onde,
Et, feuls, ils furvivoient au naufrage du Monde;
Sur leurs têtes grondoit le tonnerre vengeur,
Sous leurs pieds mugiffoient les vagues en fureur:
Autour d'eux s'étendoit une nuit ténébreufe,
Que les éclairs perçoient d'une lumière affreufe,
Et dont les noirs fillons offroient de tous côtés
Le tombeau de la terre & les cieux irrités.

Sémire cependant, &c.

EVANDRE

ET

ALCIMNE,

PASTORALE

Traduite de M. GESSNER.

ACTEURS.

PYRRHUS, Prince de Kriffa, &
 pere d'Evandre.

ALCIMNE, crue fille de Chloé.

EVANDRE, cru fils de Lamon.

ARATES, ami de Pyrrhus & pere
 d'Alcimne.

LAMON, Berger.

CHLOÉ, Bergere.

Le Capitaine des Gardes de Pyrrhus.

Un Courtisan.

Un autre Courtisan.

Un Sçavant.

Deux Suivantes.

MILON, Berger.

La Scène repréfente un lieu folitaire,
planté d'arbres.

EVANDRE
ET
ALCIMNE,
PASTORALE.

ACTE PREMIER.

SCENE I.

LAMON, CHLOÉ.

CHLOÉ.

Où allez-vous, mon voisin, avec cet air pensif & occupé? Il est vrai que nous autres, gens de la campagne, nous avons toujours quelque chofe à faire, fi nous voulons que nos troupeaux & que notre petit bien foit en bon état.

LAMON.

C'eft parler en femme fenfée : notre vie, en effet, eft toujours active. Je viens, dans ce moment, de remplir un devoir facré, auquel je ne manque jamais. J'ai offert à Pan les premiers fruits des cinq jeunes arbres que j'ai plantés en mémoire du jour où Evandre, le fils de mes foins, m'a été confié. Ils ont dix-huit ans, & ils font d'une fi belle venue, qu'il femble que les Dieux veulent me donner un heureux préfage pour l'avenir.

CHLOÉ.

Les Dieux récompenfent ta piété; ils encouragent toujours l'homme

droit qui les honore : mais on doit
être plus religieux encore à leur
égard, quand on eſt dans l'attente
de quelque grand événement. Comment ſe terminera celui qui nous
tient en ſuſpens ? car nous pouvons
ici, ſans rien craindre, nous entre-
tenir de notre ſecret. (*elle regarde
autour d'elle*). Quel ſera le fort d'Alcimne qui eſt auſſi la fille de mes
ſoins, ſi les Dieux me conſervent
aſſez long-temps pour le voir éclairci ?
Il y a ſeize ans qu'on me l'a con-
fiée : « Veillez ſur elle, m'a dit celui
» qui me l'a remiſe, comme ſur un
» dépôt bien cher ; vous travaillerez
» pour votre bonheur à venir. Ren-
» fermez ſur - tout ce ſecret dans
» votre cœur ».

LAMON.

Les Dieux ont ſûrement de gran-

des vues fur eux. Evandre eft le plus
beau des bergers de la contrée; il
eft beau comme la ftatue du temple
de Delphes ; il eft fage comme un
homme à qui les années ont donné
de l'expérience ; il eft intrépide
comme Hercule ; il fe battroit contre
un lion; il n'a point fon égal à la
lutte, à la courfe & dans tous les
exercices qui demandent de la force
& de la légéreté : pour fes chan-
fons, on croiroit qu'Apollon les
lui infpire en fonge.

C H L O É.

Alcimne n'a pas moins d'avantages fur les jeunes filles de nos
campagnes ; elle eft belle comme
les Graces; elle réunit, en elle feule,
tous les agrémens qui parent une
bergere accomplie; elle l'emporte
fur

fur fes compagnes, comme la rofe l'emporte fur les fleurs de nos prairies.

LAMON.

Leur amour me caufe des inquié-tudes, en même temps qu'il me donne des efpérances. Peut-être éft-ce la volonté des Dieux qu'ils s'aiment : mais . . . . nous ne la connoiffons point. Je me flatte que les deftins ne les féparéront pas ; cependant ce n'eft point à nous à régler leur fort, comme s'ils nous appartenoient : on nous les rede-mandera peut-être bientôt. Nous ne pouvons donc confentir à leur union, & il faut même nous réfou-dre à éloigner leurs efpérances.

CHLOÉ.

Rien n'eft plus raifonnable, La-

C

mon. J'efpere que nous touchons à
l'inftant où ces fecrets nous feront
connus. Je fuis naturellement impa-
tiente : auffi je fouhaite encore plus
que toi que ce moment arrive.

LAMON.

Les Dieux régleront tout pour
le mieux. Quelle feroit ma douleur,
fi mes efpérances étoient trompées !
Combien ils méritent l'un & l'autre
d'être heureux ! Qu'il eft affligeant
pour moi de ne pouvoir accomplir
leurs tendres defirs ! Il faudra bien
avoir recours à quelque prétexte
pour couvrir nos refus. J'ai toujours
eu horreur du menfonge : celui que
j'imagine eft innocent ; le Ciel
nous le pardonnera. Nous leur
dirons à tous les deux que dans la
même nuit, nous avons eu un fonge

qui ne nous permet pas de les unir.

CHLOÉ.

Le prétexte eſt bien trouvé : dès que nous ſommes obligés de les tromper, nous ne pouvons employer de meilleur moyen ; autrement nous ne pourrions nous défendre de leurs inſtances. Mais, adieu ; il faut que je retourne à mon jardin. Voici ton fils qui vient ; pour n'en être pas vue, je vais paſſer derriere cette haie.

LAMON.

Je m'en vais auſſi. Je veux échapper aux prieres qu'il ne manqueroit pas de me faire.

SCENE II.

EVANDRE, *seul.*

JE la cherche en vain depuis long-
temps. Elle n'eſt point ici ; elle n'eſt
point à la fontaine , ni ſous ces
noiſettiers ; elle devoit y venir cependant. Sa mere l'a peut-être oc-
cupée, à deſſein, à quelque ouvrage.
(*Il regarde autour de lui.*) J'en ſuis
preſque ſûr. D'un autre côté mon
pere m'évite ; il paroît craindre que
je ne lui parle d'Alcimne. Je ne ſçais
que penſer de tout cela. Trouve-
roit-il mauvais que j'aimaſſe la plus
aimable des bergeres ? Mais lui-même lui donne la préférence ſur toutes ſes compagnes. Cette conduite
m'inquiéte, m'inquiéte fort. Mais,
où eſt-elle ? Elle ne vient pas. Je

vais, en l'attendant, graver fon nom
fur l'écorce unie de cet arbre. (*Il*
tire un couteau de fa pannetiere.) Tu
porteras fon nom & le mien, Arbre
fortuné; fois le plus beau de ceux
qui t'environnent : tu n'as point à
craindre les coups de la hache ; le
paffant dira en te voyant : *Cet arbre*
eft confacré à l'Amour.

SCENE III.

ALCIMNE, EVANDRE.

(Pendant qu'Evandre grave fur l'arbre
le nom d'Alcimne, elle furvient, fe
gliffe légèrement derriere lui, & lui met
les deux mains fur les yeux).

ALCIMNE.

Devine qui c'eft?

EVANDRE.

O Alcimne, ô ma chere Alcimne!

ALCIMNE.

Tu te trompes.

EVANDRE.

Non, je ne me trompe pas. Où es-tu donc restée si long-temps?

ALCIMNE.

Eh bien, si tu ne te trompes pas, embrasse moi. (*Elle retire ses mains & ils s'embrassent.*) C'est le berger Milon qui m'a retenue : peut-être même me suit-il encore. Que son amour me pese!

EVANDRE.

Dieux! le voici.

SCENE IV.

ALCIMNE, EVANDRE, MILON.

MILON (*à Alcimne.*)

OH ! je me doutois bien que tu trouverois ici Evandre. Evandre n'a point son égal à la lutte , à la course, pour le chant & auprès des bergeres. Evandre , tu dois avoir déjà gagné bien des agneaux.

ALCIMNE.

Il y a long-temps que nous sçavons cela.

MILON.

Il faut que je vous fasse rire de la simplicité de Battus qui, auprès de ce vieux chêne que vous voyez....

C iv

ALCIMNE.

Il y a un fiécle que nous en avons
ri, Mais.... que viens-tu faire ici?

MILON.

Oh ! ne te fâche pas. Un regard
d'amitié eft tout ce que..........,

ALCIMNE, *le regarde d'un air.*
dédaigneux.

Tu as ce que tu demandes. Va-
t-en, maintenant.

MILON.

Ah ! ce n'eft pas comme cela que'
je le voulois. Tu me traites auffi
avec trop de mépris. Il faut que je
te chante quelques couplets que, ce
matin.....

ALCIMNE.

Mais, fi je ne veux pas les entendre.

MILON.

Je ne les chanterai pas moins.

ALCIMNE.

Chante donc; je me fuis bouché les oreilles.

MILON.

Evandre , tu as beau charmer toutes nos bergeres, tu ne joues pas mieux de la flûte que moi. En voici une que je me fuis faite avant-hier, elle eft excellente. Elle m'a déjà fait gagner deux chévres fur deux bergers que j'ai appellés en défi ; & je fuis fûr que tu t'avoueras vaincu toi-même : écoute.......

EVANDRE.

Ah ! fans t'écouter , je l'avoue.

MILON.

Tiens, je gage mes meilleures chévres.

ALCIMNE.

Et moi tout un troupeau, qu'il n'eſt point d'homme plus inſuportable que toi. Veux-tu donc babiller éternellement ? Tu es comme une branche d'épines, qui s'attache aux jambes du paſſant ; il faut que je te traîne toujours aprés moi.

MILON.

Oh ! je le vois bien, vous voulez être ſeuls.

EVANDRE.

Tu as été bien long-temps à le deviner.

MILON.

Je m'en vais. (*Il s'en va & revient.*) J'oublliois juſtement quelque choſe qu'il faut que je vous conte. Hier, le ſoleil ſe couchoit dans la mer, lorſque j'allai ſur le rivage, & . . . .

ALCIMNE.

Tu n'as pas encore fini ?

MILON.

Je n'ai pas commencé. J'étois donc sur le rivage, lorsque j'apperçus le pêcheur Afphalion qui tendoit fes filets. « J'ai vu, m'a-t-il dit, » avant le coucher du foleil, cinq » gros vaiffeaux en pleine mer » ; & il croit qu'ils aborderont fur notre rivage, s'ils n'y font pas déjà......

ALCIMNE.

Mais....rien ne les empêche d'aborder, ni toi de t'en aller.

MILON.

Reftez donc feuls. (*Il s'en va.*)

SCENE V.
ALCIMNE, EVANDRE.
ALCIMNE.

EST-IL enfin parti ce babillard ?
(*Elle regarde de tous côtés.*) Oui. Mais,
dût-il m'écouter encore derriere ce
buiffon, je ne t'en ouvrirai pas
moins mon cœur, mon bien-aimé.
J'avois, je t'affure, autant d'impatience de te revoir, qu'en a une
jeune ferine de revoir fes petits,
lorfqu'un méchant enfant l'a furprife,
& la retient dans fes mains. Il a beau
la careffer; elle eft inconfolable, &
elle épie le moment où elle pourra
s'échapper. Elle ne regagne pas
fon nid avec plus d'empreffement,
que j'en ai eu à courir vers toi, &

à me dérober à Milon qui vouloit m'arrêter.

EVANDRE.

O ma bien-aimée ! qu'un amour aussi tendre me rend heureux ! Tout à l'heure en passant près d'un rosier, j'y ai cueilli ces roses. Leurs boutons se touchoient & fleurissoient ensemble. Unies de la sorte, elles répandent, elles confondent leurs doux parfums ; elles seront encore unies, même en se flétrissant. Place, ma bien-aimée, place sur ton sein cette image fidelle de notre amour.

ALCIMNE.

Oui, sans doute, je vais la placer sur mon sein. Vois comme elles sont belles ! C'est ainsi que notre union nous embellit.

EVANDRE.

C'eſt ainſi que nous paſſerons nos
jours. Ils ſeront charmans comme
le parfum de ces roſes.

ALCIMNE.

Comme elles, nos cœurs unis s'é-
panouiront enſemble. Mais, dis-moi,
m'as-tu attendue long-temps?

EVANDRE.

Non. Mais quand je ne te vois
pas, toutes les minutes ſont bien
longues.

ALCIMNE.

J'ai été bien effrayée, quand, en
venant ici, j'ai trouvé derriere ce
boſquet Milon, lui que j'aime, comme l'abeille aime le bourdon. Il
étoit au milieu du chemin. « Toutes
» les bergeres, m'a-t-il dit, qui paſ-

» fent dans ce fentier, pour droit de
» paffage me doivent un baifer ».
« Laiffe-moi donc aller, lui ai-je dit
» de mauvaife humeur » : mais il n'en
auroit rien fait, fi je ne me fuffe avi-
fée de lui demander à qui apparte-
noit une geniffe blanche que je
voyois courir dans le marais, & qui
s'étoit fûrement égarée. Il a regardé,
& alors je me fuis gliffée derriere
lui ; & j'étois déjà loin avant qu'il
s'apperçut de ma rufe, lorfque
l'odieux perfonnage a couru après
moi de toutes fes forces. Mais tu
as l'air tout penfif ?

EVANDRE.

Moi.

ALCIMNE.

Oui, toi ; on croiroit que tu as
quelque chofe à dire, qui te fait

de la peine. Allons, ne m'inquiéte pas.

EVANDRE.

Moi......je ne fçais trop fi je dois te le dire.

ALCIMNE.

Tu m'inquiéteras davantage, fi tu ne me le dis pas.

EVANDRE.

Eh bien, je t'avouerai que ce qui m'inquiéte, ce font les retards qu'apporte mon pere à notre bonheur. Il femble éviter de fe trouver avec moi tête-à-tête; &, quand il ne peut faire autrement, fi je viens à lui parler de notre amour, il paroît troublé, & ne me répond que par des propos vagues.

ALCIMNE.

ALCIMNE.

La conduite de ma mere me donne les mêmes inquiétudes.

EVANDRE.

Hier il offrit aux Dieux les prémices des cinq arbres qu'il a plantés dans mon premier printemps. Le hazard m'amena dans le lieu où il faifoit fon offrande. Pour ne point troubler fa piété, je reftai caché derriere un buiffon, & je l'entendis faire cette priere : « Dieux bien-» faifans ! exaucez mes vœux, & » agréez mon offrande. Soyez favo-» rable à mon fils ; accompliffez, » pour fon bonheur, les deftinées » extraordinaires qui l'attendent ». Il continua de prier : mais le vent, en agitant les feuilles, m'empêcha d'en entendre davantage.

D

ALCIMNE.

Ah! que je souhaite, avec ardeur,
que le Ciel exauce sa priere.

EVANDRE.

Quelles destinées m'attendent?
Fassent les Dieux, qu'elles soient
heureuses! Ah! c'est ton amour seul
qui peut faire mon bonheur.

ALCIMNE.

Mon bien-aimé! ne nous laissons
point affliger par ces tristes pensées;
ne nous allarmons pas d'un malheur
qui n'arrivera peut-être jamais. Allons; reprends ta gaieté; souris à
ton Alcimne. Écoute; chantons tour-
à-tour la chanson que nous aimons
tant.

EVANDRE.

Près de toi j'oublie tous mes chagrins. Commence; je chanterai après.

ALCIMNE.

Je vais commencer :

Quand Zéphir & le Printemps
Ont abandonné nos champs,
La triste Flore soupire ;
Le plaisir fuit ; la rose expire.

C'est ainsi, mon bien-aimé,
Que mon cœur, en ton absence,
Par la douleur consumé,
Languit & meurt d'impatience.

EVANDRE.

Quand, au retour du Printemps,
Zéphir caresse nos champs,
Il console la Nature ;
Il ranime la verdure.

Ainsi se calment mes soucis,
Quand je te vois paroître ;
De ta bouche un tendre souris
Me donne un nouvel être.

Tous deux ensemble.

Oui, je t'aimerai toujours ;
J'en fais serment par ce bocage,
Asyle de nos amours.
Je ne serai jamais volage ;

D ij

Oui, je t'aimerai toujours ;
J'en fais serment par ce bocage,
Asyle de nos amours ;
Oui, je t'aimerai toujours.

ALCIMNE.

L'abeille diligente,
Quand l'hiver paresseux la condamne au repos,
Gémit dans l'attente
De la saison charmante,
Qui la rappelle à ses travaux.

Ta Bergere fidelle,
Loin de tes yeux,
Gémit comme elle :
Son cœur, son tendre cœur sans cesse te rappelle,
Et te cherche en tous lieux.

EVANDRE.

Quand la rose vermeille
Exhale ses parfums, étale ses attraits,
L'abeille
S'éveille,
Et revole dans nos bosquets.

Ainsi ma tendresse,
A l'aspect enchanteur de tes jeunes appas,
Précipite mes pas ;
Ainsi je m'empresse
A voler dans tes bras.

Tous deux ensemble.

Oui , je t'aimerai toujours ,
J'en fais ferment par ce bocage,
Afyle de nos amours ;
Je ne ferai jamais volage ;
Oui, je t'aimerai toujours ;
J'en fais ferment par ce bocage,
Afyle de nos amours ;
Oui , je t'aimerai toujours.

SCENE VI.

ALCIMNE, EVANDRE, MILON.

MILON.

VOUS avez fort bien chanté.

ALCIMNE.

Comment ! tu es déjà revenu ?
ou bien n'étois-tu pas parti ? Le
tour feroit affez familier.

D iij

MILON.

Je m'étois retiré ; &, en revenant, je n'ai entendu que le dernier couplet de votre chanson.

ALCIMNE.

Mais que veux-tu donc malheureux importun ?

MILON.

C'est l'intérêt que je prends à ce qui te regarde, qui m'a fait revenir. Vous vous amusez à chanter & à vous conter des douceurs, sans faire attention à ce qui se passe autour de vous. N'entendez-vous pas d'ici tout le bruit qui se fait sur le rivage?

EVANDRE.

A quelle occasion ?

MILON.

Les vaisseaux, dont parloit Aspha-
lion, sont abordés.

ALCIMNE.

Eh bien, en quoi cela nous in-
téresse-t-il?

MILON.

En rien, dès que vous voulez encore vous moquer de moi.

EVANDRE.

Parle toujours.

MILON.

Je n'ai rien à dire.

ALCIMNE.

Oh, oh, tu joues l'homme pi-
qué. Parle donc.

D iv

MILON.

Ces Étrangers font defcendus à terre ; ils dreffent déjà leurs tentes fous l'allée de tilleuls, tout près d'ici. Je voulois vous prévenir, de peur qu'il ne vous furpriffent : nous ne connoiffons pas leurs intentions; mais vous n'êtes pas ici en fûreté.

ALCIMNE.

Je te remercie de ton attention, Milon. Je fuis en effet toute effrayée. Allons-nous-en.

ACTE II.

SCENE I.

(On voit dans l'éloignement des tentes fous des arbres).

PYRRHUS, ARATES.

PYRRHUS.

QUE je fuis impatient de revoir mon fils! Je puis actuellement me livrer fans danger à ma tendreffe. L'Oracle m'ordonna de le laiffer dix-huit ans inconnu parmi des bergers; & voici le dix-huitieme printemps qu'il vit parmi eux. Quand je l'y envoyai, il étoit auffi beau qu'on nous peint l'Amour. J'efpere que

les principes naturels de droiture
& de vertu ne feront point altérés
en lui.

ARATES.

Je fuis auffi empreffé de revoir
ce jeune Prince. Que nous ferions
heureux, fi nous trouvions tous
deux nos enfans dans l'état où nous
les fouhaitons! Il y a feize ans,
comme vous le fçavez, que j'ai en-
voyé dans ces mêmes lieux ma fille,
le Ciel me l'ayant commandé dans
un fonge. Avant de m'embarquer
avec vous, j'ai fait des facrifices à
mes Dieux domeftiques; ils m'ont
apparu deux fois, pour me promettre
que mes vœux pour le bonheur de
ma famille feroient accomplis.

PYRRHUS.

Daignent les Dieux exaucer nos

defirs! Peut-être mon fils renonce-
ra-t-il à regret à la tranquillité dont
il jouit parmi ces bergers, & à
l'abri de ces ombrages frais. Les
agrémens champêtres de ces lieux,
font fur moi des impreffions fi dou-
ces & fi puiffantes, qu'elles paffent
jufque dans mon ame. Je crois refpirer un air plus pur & plus fain
dans cet afyle de la belle & fimple
Nature. Je fens ici ce qu'on éprouve
en revoyant fon pays natal, après
une longue & trifte abfence.

ARATES.

Notre genre de vie, en effet, eft
fi éloigné de la fimplicité primitive,
qu'elle nous paroît tout à-fait étrangere ; elle doit produire une impreffion extraordinaire fur l'ame de
quiconque y revient une fois, fi

cependant il n'a pas étouffé, dès
fa tendre jeuneffe, le goût de cette
noble fimplicité.

P Y R R H U S.

Il y a déjà une heure que j'attends mon fils. Je vois venir un
jeune-homme, qui me paroît fi
beau, que, fi c'eft lui, tous mes
defirs font exaucés. Il vient droit
à nous.

S C E N E I I.

P Y R R H U S, A R A T E S, E V A N D R E.

E V A N D R E.

Je vous falue, Meffieurs.

P Y R R H U S.

Bon-jour, jeune Berger. Eft-ce

la curiofité ou quelqu'affaire qui te conduit vers nous ?

EVANDRE.

C'eft la curiofité. C'eft toujours une nouveauté pour nous de voir des gens de la ville. Mais, dites-moi, Meffieurs, n'êtes vous pas venus avec le Prince de Kriffa, qui aborda hier fur notre côte ?

ARATES.

Oui.

PYRRHUS.

Ne renoncerois-tu pas volontiers à la trifte vie que tu menes ici, pour nous fuivre à la ville ?

EVANDRE.

Moi ? Ha ! ha ! je m'en garderai bien. J'allai une fois à Delphes, lorfque je n'étois encore qu'un jeune enfant. J'étois émerveillé de tout ce que j'y voyois : mais je ne changerois pas notre beau pays pour la ville, où il faut parcourir tant de rues, avant d'arriver dans la plaine campagne.

PYRRHUS.

Tu es simple : tu te feras aisément à la vie qu'on y mene.

ÉVANDRE.

Je n'irois qu'avec peine habiter parmi des gens qui ont une façon de vivre toute différente de la nôtre. Ils rient de notre simplicité. Nous sommes cependant aussi heureux qu'ils le font ; ils ont besoin de tant de choses pour l'être ; mais nous, nous sommes contens de ce que nous avons ; nous cultivons en paix nos champs ; nous soignons

nos troupeaux, & leur fécondité
eft le falaire de nos travaux. A entendre ces gens, notre abondance
n'eft que pauvreté; cette idée eft
affez finguliere. Non, je ne voudrois
pas retourner à la ville. Lorfque
j'y allois, je m'arrêtois à chaque
pas; j'ouvrois de grands yeux à la
vue des grandes maifons, hautes
comme des montagnes, & dont les
habitans font plus petits que nous.
Les paffans fe moquoient de moi,
fur-tout quand je leur faifois des
queftions. « Jeune berger, difoit l'un,
» fçais-tu chanter? Oui, difois-je, je
» fçais chanter »; & alors je chantois
à pleine voix ma plus jolie chanfon.
On s'attroupoit autour de moi, &
on me railloit; je chante cependant
bien; tous les bergers en convien-
nent. Les femmes n'y font pas plus

honnêtes. Quand j'en faluois quelqu'une avec amitié, elle paffoit fon
chemin, comme fi elle ne m'eût
pas vû; elles ne font pas cependant
ni fi fraîches, ni fi belles que nos
bergeres.

PYRRHUS.

Si tu m'aimes, autant que je
t'aime, tu ne refuferas pas de venir
avec moi.

EVANDRE.

Je vous ai aimé, dès que je vous
ai vû. Mais, pour vous fuivre à la
ville, abandonnerois-je mon pere,
que j'aime auffi, & dont la vieilleffe
a befoin de fecours? Il a pris les
foins les plus tendres de ma jeuneffe; ne dois-je pas, par reconnoiffance, lui rendre ces foins dans
fon âge avancé? Demeurez avec
nous,

nous, Meſſieurs ; nous vous donne-
rons ce que nos arbres & nos troupeaux nous fourniſſent de meilleur ;
mais vous me faites jaſer ici, &
vous ne me dites pas où je pourrai
trouver le Prince.

ARATES.

Dis-nous ce que tu lui veux.

EVANDRE.

Mon pere m'a chargé de lui porter ces fruits. Je les ai cueillis ſur
des arbres qu'il a plantés il y a dix-
huit ans, lorſque j'entrois, m'a-t-il
dit, dans mon premier printemps. Ils
ſont mûrs, & doux comme du miel.
Où le trouverai-je, Meſſieurs ?

PYRRHUS (à Arates).

Dieux ! mon fils a cet âge. Celui
à qui il fut confié, devoit planter
des arbres dans le même printemps

E

où je le lui envoyai. Arates : ah !
fi c'étoit mon fils !

A R A T E S.

Votre conjecture eft vraifembla-
ble. Quel autre berger vous enver-
roit des fruits ?

E V A N D R E.

Mais vous ne me dites pas où je
trouverai le Prince. Il faut que je
m'en aille ; j'ai encore bien des
chofes à faire dans notre jardin
fruitier, & auprès de notre troupeau ; d'ailleurs, ma bergere m'attend à la fontaine.

P Y R R H U S.

Eh bien, jeune homme, apprends
que c'eft moi que tu cherches.

E V A N D R E.

Vous êtes le Prince de Kriffa ?

PYRRHUS.

Oui, c'eſt moi. Où eſt ton pere, & comment s'appelle-t-il ?

EVANDRE.

Mon pere demeure derriere ce bois, & ſe nomme *Lamon.*

PYRRHUS (*à Arates*).

O mon ami ! Je ne ſçais qui m'empêche de l'embraſſer, c'eſt là le nom de celui à qui on l'a remis.

ARATES.

Je n'en douterois preſque plus.

EVANDRE.

Tenez, voilà mon pere, lui-même qui vient.

SCENE III.

PYRRHUS, ARATES,
LAMON, EVANDRE,
un DOMESTIQUE de Pyrrhus.

LE DOMESTIQUE (*à Pyrrhus*).

MON PRINCE! c'eſt là l'homme
à qui votre fils a été confié, il y
a dix-huit ans.

PYRRHUS (*à Lamon*).

Mon ami! eſt-ce vous à qui
on remit un jeune enfant, il y a
dix-huit ans?

LAMON.

Oui, mon Prince, c'eſt moi; &
ce jeune enfant, c'eſt celui qui vous
a porté des fruits. Ils ont été cueillis

fur les arbres que j'ai plantés dans
le printemps où il me fut confié;
& voici le billet cacheté qu'on me
remit avec lui.

ＥＶＡＮＤＲＥ.

Dieux ! qu'ai-je entendu ?

ＰＹＲＲＨＵＳ (*à Evandre*).

Je ne me fuis pas trompé ; embraffe-moi ; tu es mon fils : embraffe
ton heureux pere. (*Ils s'embraffent*).

ＥＶＡＮＤＲＥ (*à Pyrrhus*).

Mon pere, que les Dieux vous
béniffent !

ＰＹＲＲＨＵＳ.

Oui, je fuis ton pere. Quelques
mois après ta naiffance, les Dieux
m'ordonnerent de t'éloigner de la
maifon paternelle ; c'eft pour leur

obéir, que j'ai confié à ce berger ta tendre enfance.

E V A N D R E (*à Lamon*).

Et toi, tu n'es donc pas mon pere? O! je te donnerai toujours ce nom que ton amitié pour moi t'a si justement mérité.

P Y R R H U S.

Dieux! recevez mes actions de graces, pour m'avoir donné un fils si sensible & si reconnoissant. Mais toi, mon ami, (*à Lamon*) comment pourrai-je m'acquitter de tout ce que je te dois?

L A M O N.

Que les Dieux soient loués! Ils ont rempli mes vœux. Je me croirai bien payé des soins que j'ai pris de

son enfance, s'il m'aime toujours
& s'il est heureux. Je n'ai aucun
besoin de tout ce que vous pourriez
me donner.

PYRRHUS.

Bergers, que votre sort est digne
d'envie ! Mais, Arates, je ne veux
pas me livrer plus long-temps à ma
joie, sans en remercier les Dieux ;
hâtons - nous d'aller leur offrir un
sacrifice. Pour toi, mon fils, je te
reverrai bientôt : reste ici ; ma Cour
va se rendre auprès de toi, em-
pressée de voir son Prince, & char-
mée de l'avoir retrouvé.

SCENE IV.

EVANDRE, *feul.*

JE ne puis revenir de mon éton-
nement; Je ne fçais fi je dors ou
fi je veille. Ce que j'ai de mieux à
faire pendant que je fuis feul, c'eft
d'aller trouver Alcimne, & de lui
conter tout ce qui s'eft paffé. Mais
je vois venir quelqu'un. Quel peut
être cet homme qui me fait tant
de courbettes ?

SCENE V.

EVANDRE,
un jeune COURTISAN.

LE COURTISAN.

Permettez-moi, mon Prince, de faire éclater à vos yeux les transports de ma joie.

EVANDRE.

A quelle occasion, mon ami ?

LE COURTISAN.

Sur ce que la volonté de l'Oracle est enfin accomplie ; sur ce que vous allez sortir de l'état uniforme & abject, auquel un destin trop rigoureux a condamné votre premiere jeunesse.

EVANDRE.

Je bénis les Dieux de l'avoir ainsi ordonné. Je n'oublierai jamais les jours heureux de ma jeunesse, ces agréables occupations, ces plaisirs innocens.......

LE COURTISAN.

Plaisirs innocens! ha, ha, ha, mon Prince! vous ne connoissez pas encore le plaisir. Venez à la Cour; vous l'y trouverez. Pour moi, je ne remercierois jamais les Dieux de m'avoir exilé parmi des bergers.

EVANDRE.

Tu te croirois donc bien malheureux, s'il te falloit habiter ces lieux charmans?

LE COURTISAN.

Je m'y plairois peut-être avec une société choisie.

EVANDRE.

Les beautés simples & variées
de la Nature ne font donc fur toi
aucune impreffion agréable?

LE COURTISAN.

On n'y trouve d'agrément que
lorfque l'on ne connoît rien de
mieux.

EVANDRE.

Quand une belle Aurore fe leve
fur des côteaux rians, quand elle
ranime les plantes & les oifeaux,
ne fens-tu aucun plaifir?

LE COURTISAN.

L'Aurore! Eh! je ne l'ai jamais
vue.

EVANDRE.

Aucun berger ne t'enviera ton
bonheur.

LE COURTISAN.

Je le crois bien, le bonheur dont je jouis n'eſt point à ſa portée.

EVANDRE.

Mais dis-moi, qui es-tu ?

LE COURTISAN.

Je ſuis attaché à la Cour.

EVANDRE.

Quelles y ſont tes occupations ?

LE COURTISAN, (à part).

Il croit, je penſe, que j'y ſuis employé, au moins à mener la char-rue. (à Evandre). Mes occupations! c'eſt de m'habiller magnifiquement, de faire bonne chere, de danſer, d'inventer de nouveaux plaiſirs, de faire ma cour à nos belles......

E V A N D R E.

Tu n'as rien autre chofe à faire ?

LE COURTISAN.

Rien autre chofe. Que voulez-
vous donc que je faffe de plus?

E V A N D R E.

Pour nous, qui fommes de bonnes
gens, nous n'appellons occupations
que ce qui nous rend utiles aux autres; en travaillant pour eux, nous
travaillons à notre fatisfaction & à
notre bonheur; nous eftimons plus
l'induftrie de l'abeille, que la parure
du papillon.

LE COURTISAN, (à part).

Bons Dieux! Quelle baffeffe dans
fa façon de penfer ! Que notre
Prince fent fa bergerie ! (à Evandre).

Les gens du commun paſſent leurs
jours dans la peine & la fatigue;
mais nous, à la Cour, nous jouiſ-
ſons de la vie. Des plaiſirs toujours
variés, ne laiſſent aucun accès à des
réflexions qui pourroient nous at-
triſter. Dans les jeux publics, nous
payons des hommes qui s'eſtropient
ou s'éreintent pour nous amuſer,
ou qui, pour mériter nos ſuffrages,
expoſent leur vie ſur des chevaux
indomptés. Des gens de notre rang
n'ont garde de courir ces dangers;
nous avons le privilége de paſſer
nos jours dans une charmante oiſi-
veté. Nous volons de plaiſirs en
plaiſirs, & de belles en belles. Toutes
celles de la Cour ſont déjà tombées
dans mes filets; mais aucune ne
peut m'accuſer de lui être reſté
fidele.

EVANDRE.

Il faut apparemment que ton cœur foit aufli glacé que nos plantes au plus fort de l'hiver, ou que ces belles foient fort laides.

LE COURTISAN.

Elles font charmantes : mais j'aime tant la diverfité, qu'il m'eft impof-fible de m'attacher à quelqu'une d'elles en particulier. Cette fidélité dans le grand monde, eft un ridi-cule. Toujours foupirer pour le mê-me objet...... Ha! ha! ha! une fois dans ma vie, il y a bien des années, je m'avifai de vouloir être conftant; mais j'ai fçu m'affranchir de cette tyrannie. Il eft vrai que cette femme étoit belle comme Vénus; aufli je crois l'avoir aimée,

Dieu me pardonne! un jour pref-
que tout entier. Ha! ha! ha!

E V A N D R E.

O le fot perfonnage! (*à part*).
Ton ignorance me fait pitié! Toi,
qui fçais tant de chofes, tu ne fçais
donc pas que le bonheur d'aimer
eft le plus grand que les Dieux
ayent accordé à l'homme? Je te
plains d'être fi peu fenfible au plaifir le plus délicieux de la vie. Quand
tu parles ainfi, j'aimerois autant
t'entendre dire que la poire fuccu-
lente eft amere, & que le parfum
de la rofe eft défagréable.

LE COURTISAN.

D'après votre éducation, mon
Prince, votre façon de penfer ne
m'étonne pas; mais vous ne ferez
pas

pas long-temps à la trouver vous-
même ridicule.

EVANDRE.

Que les Dieux m'en préfervent !
Avant que je puiffe changer ainfi,
on verra les pommes croître au
milieu des épines.

LE COURTISAN.

Mon Prince, il faut que je prenne
congé de vous. Agréez les témoi-
gnages de mon refpeĉt.

EVANDRE.

Tu peux t'en aller, tu m'ennuies.

LE COURTISAN, (*en s'en allant*).

O Dieux ! qu'il eft fimple ! qu'il
eft ridicule ! Ce feroit confcience
de lui faire quitter fes troupeaux.

F.

SCENE VI.

EVANDRE, un OFFICIER de la Garde du Prince.

ÉVANDRE, (*en regardant autour de lui*).

CET odieux personnage eſt enfin parti. Il faut que je demande à celui-ci pourquoi il marche ainſi armé. Qui es-tu, mon ami? Que veut dire cet attirail menaçant? Pourquoi cet épieu ferré dans ta main? qu'eſt-ce qui pend là à ton côté?

L'OFFICIER.

Mon Prince, c'eſt mon épée.

EVANDRE.

Mais pourquoi vas-tu affublé de

la sorte, en temps de paix ? Pour
moi, je me moquerois d'un homme
qui, pendant l'hyver, traîneroit
après lui tous les outils dont il se sert
dans l'été, pour cultiver son champ
ou son jardin.

L'OFFICIER.

Je suis le premier Officier de la
garde du Prince votre pere.

EVANDRE

Vous êtes donc plusieurs ? Et vous
êtes toujours équipés de cette
maniere ?

L'OFFICIER.

Oui, nous sommes plusieurs, &
nous sommes toujours équipés de
cette maniere. Ha ! ha !.... vous
me pardonnerez, mon Prince,
je ne puis m'empêcher de rire.

EVANDRE.

Vous habitez donc un pays où vous avez bien des dangers à courir?

L'OFFICIER.

Pourquoi, mon Prince ?

EVANDRE.

Parce que vous êtes toujours fur vos gardes. Il faut que vous ayez bien des loups & d'autres bêtes carnacieres. Pour nous, nous n'avons pas befoin de prendre ces précautions. Il eft bien rare que ces animaux attaquent nos troupeaux. Votre pays n'eft donc pas bon pour les troupeaux ?

L'OFFICIER.

Nous vivons dans un pays où l'on ne connoît ces bêtes féroces que de nom.

EVANDRE.

C'eſt donc ſans néceſſité, que vous gardez votre Prince avec tant de ſoin ?

L'OFFICIER.

Sans néceſſité, mon Prince ! Notre Souverain peut avoir parmi ſes ſujets des ennemis cachés, qu'il faut écarter de ſa perſonne.

EVANDRE.

Il faut donc que ce ſoit un méchant peuple, chez qui je ne voudrois pas vivre. J'aimerois autant qu'on gardât un pere contre ſes enfans. Dieux ! dans quel pays voudroit-on m'amener ! Mais vous avez, ſans doute, autre choſe à faire qu'à veiller ſur les jours de votre maître ?

L'O F F I C I E R.

Oui, mon Prince, nous l'accompagnons encore à la guerre. Quand un Prince veut étendre fes états, nous marchons en grand nombre fur les terres de fes voifins qui nous oppofent autant d'hommes armés comme nous, ou même davantage. Des deux côtés on fe range en bon ordre ; on en vient aux mains, & on tue le plus de monde qu'on peut : on érige à ceux qui ont été les plus braves........

E V A N D R E.

Avec ta permiffion, qu'eft - ce qu'un homme brave ? A qui donnes-tu ce nom ?

L'O F F I C I E R, (*à part*).

O Dieux! quelle fimplicité! Je

vois bien qu'il faut lui parler comme
à un enfant; il n'a aucune idée du
courage & de la gloire. (*Au Prince*).
Les plus braves font ceux qui ont
tué le plus d'ennemis, & qui leur
ont fait le plus de mal. Pour illuftrer
leur mémoire, on leur érige des
ftatues de bronze ou de marbre.

EVANDRE.

C'eft affreux. O! je n'en veux
pas fçavoir davantage; je friffonne
encore de ce que je viens d'entendre. Mais mon pere cependant n'eft
pas un Prince cruel.

L'OFFICIER.

Non. C'eft un Prince pacifique:
auffi nous vieilliffons dans l'état
honorable que nous tenons auprès
de fa perfonne, & il nous prive des
occafions d'acquérir de la gloire.

F iv

EVANDRE.

Et tu t'en plains. O Dieux ! c'eſt en égorgeant des hommes, qu'on acquiert de la gloire ! Parmi nous, on regarderoit avec horreur celui qui s'empareroit du champ de ſon voiſin ; & cependant ce ne feroit, en comparaiſon, qu'une petite in-juſtice.

L'OFFICIER.

Oui ; mais le cas eſt différent. On pendroit cet homme-là ſans miſéricorde.

EVANDRE.

O ! je n'y puis plus tenir. Retire-toi ; mon cœur eſt révolté de tout ce que tu m'as dit ; je ne veux plus faire de queſtions ; je ne veux plus voir perſonne........ Mais, en voilà déjà un autre qui vient.

SCENE VII.

EVANDRE,
un autre COURTISAN.

LE COURTISAN.

PERMETTEZ, Monseigneur ! (*Il s'incline jusqu'à terre*).

EVANDRE.

Voilà un homme singulier. Que veux-tu ? Cherches-tu à terre quelque chose que tu aurois perdu ?

LE COURTISAN.

Non, mon Prince ! permettez-moi de témoigner à votre Altesse la soumission profonde avec laquelle.....
(*Il se prosterne à terre*).

EVANDRE.

C'est plaisant. Voilà ce que fait

mon chien, quand il y a long-temps qu'il ne m'a vu. Mais pourquoi donc rampes-tu de la forte?

LE COURTISAN.

C'eft pour implorer votre protection, & vous affurer que je fuis le plus fidéle de vos efclaves.

EVANDRE.

Efclave! J'ai pitié de ton fort. Par quel malheur l'es-tu devenu? J'ai entendu dire que les hommes ne pouvoient tomber dans un état plus trifte & plus fâcheux.

LE COURTISAN.

Mon Prince! je ne fuis pas un de ces efclaves que le deftin ou leurs crimes ont privés de la liberté. C'eft de mon propre choix; c'eft par respect pour votre personne, que je me soumets à toutes vos volontés. Je ne serai heureux, que lorsque........

EVANDRE.

Tout ce que je puis juger de toi par tes propos, c'est que tu n'es pas dans ton bon sens. Va-t-en.

SCENE VIII.

EVANDRE, *seul.*

QUELLES gens sont-ce là ! je n'en puis revenir. Je souhaite que tout ceci ne soit qu'un rêve. Mais je vois venir un homme dont l'aspect m'inspire de la vénération.

SCENE IX.

EVANDRE, un SÇAVANT,

EVANDRE.

DIS-MOI, mon ami, ſi je dors
ou ſi je veille, Ton air reſpectable
me fait eſpérer de trouver en toi
un homme ſenſé.

LE SÇAVANT.

Vous ne vous trompez pas, mon
Prince. Je poſſéde la clef de toutes
les ſçiences. Tous ceux qui profitent
de mes leçons, deviennent les plus
ſçavans des hommes.

EVANDRE.

Que je ſuis charmé de t'avoir
trouvé ? Tu connois donc la maniere
de cultiver les champs & les plantes?

LE SÇAVANT.

Non, mon Prince.

EVANDRE.

Tu fçais la façon de foigner les troupeaux & de guérir leurs maladies?

LE SÇAVANT.

Je ne la fçais pas non plus.

EVANDRE.

Tu ne connois donc pas la vertu des fimples ?

LE SÇAVANT.

Non.

EVANDRE.

Peut-être t'es-tu dévoué aux Mufes, & compofes-tu ces beaux ouvrages qui charment & délaffent l'efprit des hommes ?

LE SÇAVANT.

Moi, Poëte? Que les Dieux m'en préfervent !

EVANDRE.

Tu m'étonnes ! tu fçais du moins ce qui eft bon & utile à tes con-citoyens, ce qu'ils doivent fuir ou pratiquer pour être heureux ?

LE SÇAVANT.

Je ne me fuis point amufé à ces bagatelles.

EVANDRE.

Il faut donc que tu faches quel-que chofe qui vaille mieux que tout cela ?

LE SÇAVANT.

Oui, fans doute. Je connois le nombre des étoiles ; je parle les langues des Nations les plus éloignées ; j'ai fupputé combien il y a de grains de fable dans l'efpace d'une lieue ; & depuis peu, j'ai apperçu dans la Lune une nouvelle tache qui étoit échappée à Endymion lui-même.

EVANDRE.

O Dieux ! que mes efpérances font trompées ! Laiffe-moi, laiffe-moi. Je ne pourrai me remettre de tout le jour du trouble où je fuis.

ACTE III.

SCENE I.

ALCIMNE, CHLOÉ,
un SERVITEUR d'Arates.

ALCIMNE.

Regardez, ma mere ! voilà leurs tentes. Ce n'est pas sans inquiétude que je vais trouver ces gens-là.

CHLOÉ.

Prends courage, ma fille. Les Messieurs de la ville sont bien gracieux pour les bergeres.

ALCIMNE.

C'est justement pour cela.

LE SERVITEUR.

LE SERVITEUR.

Reſtez ici. Je vais à la tente de mon maître, l'avertir de votre arrivée.

SCENE II.

ALCIMNE, CHLOÉ.

ALCIMNE.

MAIS, ma mere, ma couronne de fleurs va-t-elle bien ? Aussi vous ne me laissez jamais le temps d'en treſſer de nouvelles, ou de voir dans la fontaine comment elles vont. Ces Meſſieurs diront que je ſuis. . . . .

CHLOÉ.

Oh ! pour le coup, je ne puis m'empêcher de rire. Voilà comme

G

font les bergeres; il n'y a pas homme qui vive, à qui elles ne veuillent plaire.

ALCIMNE.

Point du tout; je ne veux plaire qu'à mon berger. Mais vous ne me dites pas. . . . . . .

CHLOÉ.

Oui, oui, mon enfant, elle te fait fort bien.

ALCIMNE.

Ce n'eſt pas là ce que je vous demande. Dites-moi ce que nous ſommes venues faire ici; je voudrois en être déjà dehors.

CHLOÉ.

Ma chere enfant, tu vas appren-dre des choſes dont tu feras fort étonnée. Tu vas bientôt quitter ce pays & ma cabane.

ALCIMNE.

Moi ? que je vous quitte ; cela ne fera pas. Pourquoi donc m'inquiéter de la forte ?

CHLOÉ.

Tu fuivras ces Meffieurs à fa ville, mon enfant.

ALCIMNE.

Je n'en ferai rien. J'irai plutôt me cacher dans la forêt, que d'aller avec ces gens-là. Ma mere, fauvez-vous avec moi avant que quelqu'un vienne ; autrement je m'enfuis toute feule.

CHLOÉ (*en la retenant*).

Attends donc.

ALCIMNE.

Au nom des Dieux, laiffez-moi aller.

CHLOÉ.

Écoute ce que j'ai à te dire. Tu vas trouver ici ton véritable pere.

ALCIMNE.

Mon pere!

CHLOÉ.

Oui ; je ne suis pas ta mere, quoique je t'aime encore plus que si tu étois mon enfant.

ALCIMNE.

Il faut que vous ne m'aimiez gueres, pour me dire des choses si affligeantes.

CHLOÉ.

Non, mon enfant, je ne suis point ta mere. Tu es la fille d'un grand Seigneur de la ville. Il y a seize ans que l'homme qui vient de nous conduire ici, t'a remise entre mes mains, suivant un ordre que ton pere en reçut dans un fonge. Il eft ici ; & il vient te retirer.

ALCIMNE.

Dieux ! que vous m'étonnez ! je fuis toute hors de moi-même. Il faut que ce que vous me dites là foit vrai , car vous ne voudriez pas vous amufer ainfi à mes dépens. Puifque la chofe eft fûre , il faut qu'Evandre & vous me fuiviez à la ville. N'eft-il pas vrai que vous viendrez avec moi ? autrement je n'irois pas ; non fûrement je n'irois pas. Voyez-vous ce Monfieur qui fort de cette tente ? c'eft , fans doute , un Seigneur ; car fon habit eft tout brillant d'or. Comme il a l'air plein de bonté ! Le cœur me bat. Ah ! fi mon pere eft ici , je fouhaite que ce foit là lui.

SCENE III.

ARATES, ALCIMNE, CHLOÉ,
un SERVITEUR d'Arates,
deux SUIVANTES.

ARATES, (*à part à son Serviteur.*)

SOIS bien sûr que je sçaurai ré-
compenser le service important que
tu m'as rendu. Est-ce là cette femme
(*en regardant Chloé.*) à qui tu as
remis ma fille ?

LE SERVITEUR, (*à part à Arates*).

Oui, mon maître, c'est elle. Je
l'aurois reconnue aux seuls traits du
visage, quand elle ne m'auroit pas
représenté la bague que je vous ai
rendue. Voilà aussi votre fille; elle
est si belle, que vous la reconnoî-
trez avec plaisir.

ARATES *s'avance vers sa fille.*

Je te bénis, ma fille. Dieux ! qu'elle eſt aimable ! vous m'avez exaucé au-delà de mes vœux. Em-braſſe-moi, ma chere enfant.

ALCIMNE.

Ah ! mon cœur m'avoit dit que vous étiez mon pere.

ARATES.

Quel pere eſt plus heureux que moi ! De quelle joie ſuis-je pénétré ! ô ma fille !

ALCIMNE.

O mon pere !

ARATES.

Rendons graces aux Dieux de nous avoir comblés de tant de fa-

G iv

veurs. O ma bonne femme (*à Chloé.*) que tes soins ont bien réussi!

CHLOÉ.

Ce sont les Dieux qui les ont bénis. Monsieur, je vous remets votre fille : c'est bien la plus aimable enfant que vous puissiez desirer.

ARATES.

Que j'aimerai en elle l'innocence de son ame & de son cœur. Ma bonne femme, tes soins seront bien payés. Embrasse - moi encore une fois, ma chere enfant (*à sa fille*).

ALCIMNE.

Avec quelle joie j'embrasse le meilleur des peres.

ARATES.

Chloé peut retourner à sa cabane

mettre ordre à ſes petites affaires,
en attendant que je l'envoie chercher, & que je l'amene avec nous
à la ville. Je vais trouver le Prince,
pour lui faire part de mon bonheur.
Toi, mon enfant, reſte avec ces
femmes que j'ai fait venir avec moi
pour te ſervir; je te rejoindrai bientôt dans ma tente.

SCENE IV.

ALCIMNE, CHLOE,
deux SUIVANTES.

CHLOÉ.

ADIEU, ma fille. Je ne t'appel-
lerai jamais autrement. Je vais retourner à ma cabane.

ALCIMNE.

Adieu, ma mere. Mais ne ſoyez

pas long-temps fans revenir. Promettez-moi que vous reviendrez bien-tôt.

CHLOÉ.

Oui, je te promets de te rejoindre, dès que j'aurai arrangé mes petites affaires.

SCENE V.

ALCIMNE, deux SUIVANTES.

LA Iʳᵉ SUIVANTE.

Nous nous trouvons fort heureufes d'avoir été choifies pour être à votre fervice.

LA 2ᵉ SUIVANTE.

Oui, nous ferons fort heureufes, fi vous daignez nous honorer de votre bienveillance.

ALCIMNE.

Vous êtes bien bonnes, mes belles Dames, de me témoigner tant d'amitié pour la premiere fois que vous me voyez.

LA 1re SUIVANTE.

Nous sommes à vos ordres. C'est là l'intention de Monsieur votre pere.

ALCIMNE.

Quand je vous comprendrois, je ne vois pas ce que je pourrois vous ordonner. Comment peut-il se faire qu'une seule personne ait assez de besoins, pour qu'il lui soit nécessaire d'en avoir deux autres auprès d'elle. Il faut donc qu'elle n'ait autre chose à faire qu'à les regarder les bras croisés, pendant qu'elles sont empressées à la servir.

LA 2ᵉ SUIVANTE.

Une grande Dame ne doit s'occuper qu'à se donner des graces. Tout le reste nous regarde. Au moindre clin d'œil, nous exécutons ses volontés. Elle a toujours mille petites choses à commander.

ALCIMNE.

Je ne comprends rien à cela. Ce seroit aussi ridicule que, si voulant avoir une violette, que je pourrois cueillir moi-même sans peine, j'ordonnois à ma compagne de la cueillir pour moi.

LA Iʳᵉ SUIVANTE.

Quand elle seroit tout près de vous, il ne faudroit pas vous donner la peine de vous baisser.

ALCIMNE.

Je ne ferai jamais effrontée &
pareffeufe jufqu'à ce point-là.

LA 2ᶜ SUIVANTE.

Permettez-moi de vous dire qu'il
faut que vous renonciez aux mœurs
de la campagne, pour fuivre celles
de la Cour. Une grande Dame doit
fçavoir tenir fon rang. Nous avons
ordre de ne point vous quitter & de
vous donner des leçons.

ALCIMNE.

J'aime bien mieux nos mœurs ;
elles font fimples, naturelles & s'ap-
prennent toutes feules. Parmi nous,
on ne voit perfonne en donner des
leçons ; on s'en moqueroit comme
de quelqu'un qui voudroit appren-

dre à un oiseau un autre chant que le sien. Mais dites-moi quelque chose de la maniere dont on vit à la ville. Je crains fort de ne pas la trouver de mon goût.

LA 2ᵉ SUIVANTE.

Le matin, quand vous vous éveillez, ce qui n'est qu'à midi; car les Dames du grand monde ne s'éveillent pas à l'heure des artisans.......

ALCIMNE.

A midi? Je n'entendrois donc plus, le matin, le chant des oiseaux; je ne verrois donc plus le lever du Soleil; cela ne m'accommoderoit pas.

LA 1ʳᵉ SUIVANTE.

Cette sorte de plaisir feroit pitié aux Dames de la Cour.

ALCIMNE.

Mes Demoiſelles, ce que vous me dites là n'a gueres de raiſon. Il faut donc que je m'attende à une étrange façon de vivre ! Elle commence déjà bien. Continuez.

LA 2ᵉ SUIVANTE.

Quand vous voulez vous lever, nous entrons dans votre appartement pour vous habiller ; ce qui doit toujours durer plus d'une heure, enſuite vous paſſez le reſte de la matinée à vous regarder dans un miroir, & à retoucher à tout ce que nous avons fait.

ALCIMNE.

Cet habillement eſt donc bien extraordinaire, puiſqu'avec deux

compagnes pour m'aider, je ne puis
pas être prête en une heure. Telle
que vous me voyez, je fuis vêtue
auffi-bien & auffi proprement peut-
être, qu'aucune bergere de ce can-
ton. Tous les matins je me lave le
vifage avec l'eau de notre fontaine ;
je treffe mes cheveux, & j'y mêle
des fleurs toutes fraîchement cueil-
lies; je m'en fais auffi un bouquet,
que je place fur mon fein; & cependant je me trouve en état de
travailler, lorfque le Soleil ne fait
que de fe lever.

LA Ire SUIVANTE.

Tout cela eft bon pour celles qui
vivent à la campagne.

LA 2e SUIVANTE.

Quand vous arriverez à la ville,
on

on viendra auſſi-tôt vous rendre des
viſites; il ne ſera queſtion que de
vous dans toutes les compagnies;
tous les jeunes ſeigneurs de la Cour
s'empreſſeront autour de vous; on
vous propoſera toutes ſortes d'amu-
ſemens, tel que le bal, les concerts,
des repas fins & délicats, enfin des
plaiſirs variés à l'infini.

ALCIMNE.

Oui; mais ma liberté ſouffrira de
toutes ces complaiſances; elles me
feront fort à charge, ſi je ſuis toujours
dans le cas de faire la volonté des
autres, ſans pouvoir faire la mienne.

LA Iʳᵉ SUIVANTE.

Votre beauté ne manquera pas
de vous faire beaucoup d'amans. Il
faudra (ceci merite la plus grande

H

attention de votre part), vous étu-
dier, à plaire à tous, & à ne donner
à chacun que peu d'efpérance. Plus
une Dame a de foupirans, & plus
elle excite l'envie des autres femmes.
Penfez combien il fera flatteur pour
vous de voir tous vos amans chercher à fe furpaffer les uns les autres
en efprit, en magnificence, en té-
moignages de leur paffion, tout
cela pour s'attirer des regards de
préférence : vous menerez la vie
du monde la plus délicieufe.

ALCIMNE.

Je ne menerai point cette vie-là;
non fûrement.

LA 2e SUIVANTE.

Pourquoi ? Vous ne ferez pas
flattée de voir tous les jeunes

Seigneurs vous faire la cour, & vos rivales fécher de jaloufie?

ALCIMNE.

Non; cela ne me paroît pas plaifant. Je ne puis ni ne veux déguifer mes fentimens; je ne laifferai croire à perfonne que j'ai de l'amitié pour lui, fi je n'en fens pas, & tous nos Seigneurs m'ennuyeront en me parlant d'amour, parce que je n'aimerai jamais que celui que j'aime déjà.

LA 2e SUIVANTE.

Quoi? Vous aimez déjà?

ALCIMNE.

Oui, fans doute; je ne rougis pas d'en convenir. J'aime un berger de tout mon cœur, & lui, il m'aime de tout le fien. Il eft beau comme le Soleil levant, charmant comme

H ij

le printemps ; le roſſignol ne chante
peut-être pas ſi bien que lui...

LA Iʳᵉ SUIVANTE.

Ha ! ha ! ha ! pardonnez - moi ſi
je ris, ma belle maîtreſſe, je ne
puis me retenir davantage. Votre
amour ne m'inquiéte gueres. Dès
que vous ſerez arrivée à la ville,
vous oublierez ce berger. Vous rirez
vous- même à vos dépens, quand
vous aurez vu les jeunes Seigneurs
de la Cour, & que vous aurez com-
paré leur eſprit & leurs graces avec
la ſimplicité d'un berger. Pour lui,
je le plains ; il ne pourra jamais
réparer ſa perte. Qu'il va faire de
doléances ! tous les échos vont en
être étourdis.

ALCIMNE.

Ne vous moquez pas de lui ; je

vous jure que je m'oublierai plutôt moi - même que de l'oublier
jamais. Je n'écouterai aucun de vos
Seigneurs. Oui, mon bien-aimé, tu
feras le feul que j'aimerai toujours.
Ces arbres verds mourront, le Soleil ceffera d'éclairer ces belles prairies, avant que ton Alcimne te foit
infidelle. Oui, mon bien-aimé, je
fais le ferment......

LA Iᵉ SUIVANTE.

Ne le faites pas; votre pere ne
vous laiffera point avilir jufque-là
votre illuftre naiffance.

ALCIMNE, (*avec colere*).

Que voulez-vous dire? mon illuftre naiffance? Eh quoi! peut-il y
en avoir qui ne foit noble & honorable? O! je n'entends rien à toutes

vos leçons. Il faut y mettre moins
d'efprit & plus de naturel. Non, je
ne les comprendrai jamais. Mon
pere eft raifonnable; j'en fuis fûre.
Il ne voudra pas que j'abandonne
ce que j'aime le mieux au monde,
& que j'aime ce que je hais le plus.
Je ne vous quitterai qu'à regret ,
charmantes retraites, ombrages frais,
occupations innocentes; je vous
préférerai toujours aux fracas de la
ville ; mais il faut que je vous quitte
pour fuivre un pere que je chéris.
Il ne fera pas venu me chercher ici
pour me rendre malheureufe : oui,
je ferois malheureufe, plus que je ne
puis dire, s'il vouloit me féparer de
celui que j'aime plus que moi-même. O! ne me donnez pas ces inquiétudes, mes amies! N'eft-il pas
vrai que j'aurois tort de les avoir?

LA 2ᵉ SUIVANTE, (*à part*).

Elle ne voudra fûrement pas venir à la ville, fi on lui ôte toute efpérance. La pauvre enfant a le cœur trop malade. (*à Alcimne*). Votre pere ne contraindra point votre inclination, je l'efpere.

ALCIMNE.

Moi, j'en fuis perfuadée : dès que je le verrai, je me jetterai dans fes bras; je le ferrerai fur mon fein auffi étroitement que le lierre embraffe l'ormeau; je joindrai mes larmes à mes prieres, & fûrement......
Mais il faut que je m'en aille; mon berger doit s'impatienter de ne pas me voir arriver.

LA Iʳᵉ SUIVANTE (*en l'arrêtant*).

Permettez, Madame, vous ne pouvez pas le voir encore.

H iv •

A L C I M N E.

Pourquoi cela ? Que voulez-vous donc dire ?

LA 2ᵉ S U I V A N T E.

Nous avons ordre de vous mener à votre tente, & de vous y habiller d'une maniere convenable à votre rang.

A L C I M N E.

Mais vous allez me retenir long-temps ; il faut que vous me pro-mettiez auparavant que vous aurez fait en moins d'une heure.

LA 2ᵉ S U I V A N T E.

Nous ne vous demandons que quelques minutes.

A L C I M N E.

Tenez-moi parole, ou bien.......

SCENE VI.

EVANDRE, (*habillé magnifiquement*).

ME voilà enfin débarraſſé des importuns qui m'ont tant retardé. Qu'il y a déjà long-temps que je n'ai vu ma chere Alcimne ! Peut-être m'a-t-elle attendu juſqu'à cette heure auprès de la fontaine ? Je viens d'y courir; mais il étoit trop tard; elle n'y étoit plus. Je l'ai cherchée en vain ſous les berceaux que nous avons conſacrés à notre amour. Ah ! que je ſuis impatient de la trouver ! Sçait-elle tout ce qui vient de ſe paſſer ? Il me tarde de lui conter tout, de lui dire qu'elle ſeule peut me rendre heureux. Oui, ma bien - aimée ! tu peux ſeule

faire mon bonheur : ce n'eſt que
dans tes bras que je puis revenir
de ma ſurpriſe & de mon trouble.
Il eſt vrai que mon pere n'eſt pas
inſtruit de mon amour ; mais vou-
droit-il m'empêcher d'aimer la plus
belle & la plus ſage des bergeres?
Il n'en fera ſûrement rien. Il ne
me forcera pas de manquer aux ſermens que j'ai faits en préſence des
Dieux. Il conviendra ſans peine,
que parmi toutes les Princeſſes du
monde, il n'en eſt aucune qui ſoit
auſſi aimable que mon Alcimne. Je
vais la chercher encore ; je l'engagerai à ſe revêtir de la robe qu'elle
porte les jours de fête, & qui eſt
blanche comme la neige ; je lui
ferai treſſer une couronne de fleurs
nouvelles pour en parer ſes cheveux ; & alors je la menerai à mon

pere : je lui dirai combien de fois
j'ai juré aux Dieux que je l'aimerois toujours, & que je n'aimerois
qu'elle. . . . . Mais voudra-t-elle
me fuivre ? Pourra-t-elle fe réfou-
dre à quitter cette habitation charmante ? Pourquoi en douterois-je,
fçachant qu'elle eſt ſa tendreſſe pour
moi ? Le defir de fuivre ce qu'elle
aime l'emportera dans ſon cœur
ſur les agrémens de ces lieux. Mais
il faut que je tâche de la joindre.
Quelle ſera ſa ſurpriſe en me voyant
ſi magnifiquement vêtu ! Que les
hommes font inventifs ! Que j'ai
trouvé de richeſſes dans la tente
de mon pere ! Comment peut - on
être heureux, quand on a befoin
de tant de choſes ? Juſqu'à préſent
la peau d'une chevre toute blanche, ou agréablement tachetée,

avoit paré mes épaules; on me fait
porter aujourd'hui un habillement
bigarré, comme le font nos prairies
dans le printemps. Je crains, je
crains bien que les jours de la paix
& du bonheur ne foient écoulés
pour moi. On me deftine à d'im-
portantes occupations : daignent les
Dieux m'y affifter! Claires fontai-
nes, bofquets délicieux, où j'ai paffé
avec tant de charmes les années de
ma jeuneffe, je vous quitte pour
un genre de vie que je ne connois
pas. Troupeaux chéris, confiés à
mes foins, je vous quitte pour aller
veiller fur des hommes qui me con-
fient le foin de leur bonheur! Qu'il
eft glorieux, qu'il eft beau de pouvoir rendre heureux fes femblables!
Mais pourrai-je porter ce fardeau
pénible ? O jours charmans, je ne

vous oublierai jamais ! Toutes les fois que le printemps ranimera la Nature, je viendrai visiter cette habitation champêtre : tu m'y accompagneras, ma chere Alcimne ; nous sacrifierons aux Dieux dans ces paisibles retraites, où les zéphirs nous caressoient de leurs haleines. Où es-tu, ma chere Alcimne ? Qu'il me tarde de me précipiter dans tes bras. Je veux presser mon cœur palpitant sur le tien ; je veux te conjurer........

SCENE VII.

PYRRHUS, EVANDRE.

PYRRHUS.

Mon Fils ! il y a bien long-temps
que je ne t'ai vu. Pourquoi t'es-tu
dérobé à ma tendresse ?

EVANDRE.

Je voulois faire mes derniers
adieux à ces lieux charmans, avant
de m'en éloigner.

PYRRHUS.

As-tu tant de peine à les quitter ?
Ces richesses, ce bonheur auquel
les Dieux t'appellent, n'ont-ils aucun attrait pour toi ?

EVANDRE.

Je vous avouerai que cette ma-

gnificence m'a frappé ; l'éclat dont
brille votre tente, m'a rappellé la
brillante parure de nos prairies,
lorfque les fleurs humectées de rofée s'ouvrent aux premiers rayons
du Soleil ; mais nos prairies font encore plus belles. J'ai vu parmi vos
richeffes, mille chofes dont je ne
connois ni les noms, ni l'ufage. Mais,
dites-moi, mon pere, faut-il qu'un
Prince foit toujours invefti d'une
troupe d'importuns ?

PYRRHUS.

Les bons & les méchans fe raf-
femblent toujours où fe trouvent la
puiffance & les richeffes.

EVANDRE.

Quand un arbre eft en fleurs, on
y voit des infectes pareffeux à

côté de l'abeille. Seroit-ce la même chofe?

PYRRHUS.

Oui.

EVANDRE.

Mais il me paroît infupportable de voir fans ceffe autour de moi s'empreffer des gens dont je n'ai aucun befoin. Il faut qu'ils croyent, en me tenant dans cette fujétion, que je ne fuis point homme comme eux.

PYRRHUS.

Mon fils, c'eft là le privilége des Princes. C'eft un bien foible dédommagement des peines qu'ils fe donnent pour faire obferver les loix, & pour rendre leur peuple heureux.

EVANDRE.

Mais, mon pere, fi les hommes choififfent

choisissent leurs Princes parmi eux,
ils choisissent, sans doute, le plus
sage & le plus vertueux : voilà pourquoi leur choix est tombé sur vous.
Comment donc, sans sçavoir si je
vous ressemblerai, des hommes peu-
vent-ils être assez fous pour me dire
que je regnerai un jour sur eux ?
Confieroit-on le soin de sa vigne
à quelqu'un qu'on ne sçauroit pas
habile à la tailler ?

PYRRHUS.

Je répondrai une autrefois à tes
questions : en voilà assez pour aujourd'hui. Dis-moi, à ton tour, pourquoi tu as l'air si triste ? Te fais-tu
une peine de venir habiter mon
palais ?

EVANDRE.

Non, mon pere ; je vous suivrai

I

fans le moindre regret, fi feule.
ment.......

PYRRHUS.

Quoi ? fi feulement ?

EVANDRE.

Si feulement Alcimne... Hélas !

PYRRHUS.

Tu foupires, mon fils ! (*à part*).
Il ne fçait pas encore le deftin
d'Alcimne ; je veux m'amufer de
l'agréable furprife que je lui prépare.

EVANDRE.

Si vous confentiez feulement
qu'Alcimne me fuivît.....

PYRRHUS.

Alcimne ! mon fils, j'ai entendu
parler de ton amour pour elle ; mais
il faut que tu voyes auparavant la

fille d'Arates, que je te deftine pour époufe.

EVANDRE.

Ah mon pere !

PYRRHUS.

Songe que tu trahirois mes intentions , fi tes defirs ne s'accordoient pas avec les miens.

EVANDRE.

Ah Dieux ! que je fuis malheureux !

PYRRHUS.

Il te fuffira de la voir pour l'aimer: elle eft belle comme le jour.

EVANDRE.

O mon pere , permettez........ 'Ah mon pere! Il me fera impoffible. ......

PYRRHUS.

N'acheve pas : voilà fon pere qui vient.   I ij

SCENE VIII.

PYRRHUS, EVANDRE, ARATES.

ARATES, (*à Evandre*).

PERMETTEZ - MOI, mon Prince, de vous préfenter ma fille, dont la deftinée eft fi femblable à la vôtre. Mais....... pourquoi êtes-vous fi trifte, mon Prince?

EVANDRE, (*à Arates*).

Il faut bien que je la voie, puifque mon pere l'ordonne. (*à part*). Ah Dieux! mon pere a juré le malheur de ma vie!

ARATES.

J'efpere, mon Prince, que rien ne troublera la joie d'un fi beau jour.

PYRRHUS.

C'eft l'amour qui lui fait quitter
ce pays à regret.

ARATES.

Le Prince aura à choisir dans
toutes les Cours parmi les plus belles
Princesses.

PYRRHUS.

J'ai déjà fait ce choix pour lui,
& voilà ce qui le désole. Où est
votre aimable fille?

ARATES,

La voici,

S C E N E I X.

PYRRHUS, EVANDRE, ARATES,
A L C I M N E.

(*Ses deux Suivantes restent dans le
fond du théatre*).

ALCIMNE, (*revêtue d'habits magni-
fiques*).

O DIEUX ! faut-il que je vienne
ainsi servir de spectacle au Prince,
& que je ne puisse trouver le bien-
aimé de mon cœur !

EVANDRE, (*accablé de douleur, & le
visage caché dans ses mains*).

Elle vient ; je l'entends, malheureux que je suis !

A L C I M N E,

C'est lui que je vois. Ma douleur
me rend muette,

EVANDRE, (*la regardant avec saififfement*).

Qu'ai - je entendu? Je connois cette voix plaintive. C'eſt......

ALCIMNE.

Dieux ! ſoutenez-moi, mes amies. (*à ſes Suivantes*). Soutenez-moi. Eſt-ce là le Prince ? O Evandre !

EVANDRE.

Que vois-je ? O raviſſement ! Eſt-ce toi, Alcimne ?

ARATES.

Dieux ! quels tranſports ! quelle joie éclate dans leurs yeux !

EVANDRE, (*courant à Alcimne, & l'embraſſant*).

O ! ce n'eſt point un ſonge ; c'eſt toi, c'eſt toi, ma chere Alcimne.

I iv

ALCIMNE.

O Evandre ! ô mon bien-aimé !
quel enchantement ! quel miracle
nous a réunis !

EVANDRE.

Au moment où je me croyois le
plus infortuné des hommes, j'en
suis le plus heureux.

ALCIMNE.

Au moment où je craignois de
succomber sous l'excès de ma douleur, je succombe sous l'excès de
ma joie.

PYRRHUS.

Mes enfans, que les Dieux bé-
nissent votre amour. Ils vous ont
formés l'un pour l'autre. Es-tu content, mon ami ? (*à Arates*).

ARATES.

Je suis transporté au point que je ne puis vous exprimer ma reconnoissance.

PYRRHUS.

Allons, mes enfans, suivez-moi. Il faut faire part de notre joie à toute la contrée, & quelle célébre avec nous ce jour de fête.

EVANDRE.

Mais, mon pere, que deviendra Lamon ?

PYRRHUS.

Il m'a dit que ce ne seroit pas sans peine qu'il me suivroit à la ville. Je ne l'y emmenerai point ; mais je le rendrai le plus riche & le plus heureux des bergers.

Fin de la Pastorale.

AUTRES POESIES

TRADUITES

DE L'ALLEMAND
ET DE L'ANGLOIS,

EN VERS FRANÇOIS.

TRADUCTION LIBRE

DE L'ODE

DE M. HALLER,

Intitulée : *LES ALPES.*

Epuisez, ô Mortels, pour changer vos deſtins,
Les merveilles de l'Art, les dons de la Nature;
Des parterres fleuris animez la verdure
Par les flots jailliſſans de vos vaſtes baſſins ;
Transformez en boſquets des rochers, des montagnes;
Que leur ſommet deſcende au niveau des campagnes;
Que votre avide faim, embraſſant l'Univers,
Exige le tribut de la Terre & des Mers.
De vos biens apparens la ſtérile abondance
Enfante des beſoins, en comblant vos deſirs;
Cette richeſſe couvre une affreuſe indigence :
Vous puiſez le malheur dans le ſein des plaiſirs.

L'Homme, aveugle, flatté d'un espoir séducteur,
S'égare vainement dans sa pénible course,
Pour trouver un repos dont son ame est la source :
Le bonheur & la paix résident dans son cœur.
De ses sens abusés l'ivresse passagere
Se dissipe bien-tôt, comme une ombre légere.
Le sceptre pese au Roi, la houlette au berger ;
Accablés de leur sort, ils voudroient le changer :
Mais malheur au Monarque esclave de ses vices !
Attachés sur ses pas, le dégoût & l'ennui,
Sur son trône, à sa table, au milieu des délices
Empoisonnent sa joie, & regnent avec lui.

Hélas ! que tes beaux jours ont fui rapidement ;
Age d'or, doux printemps de l'enfance du monde !
Dans toutes les saisons la terre alors féconde,
Bravoit des Aquilons l'affreux mugissement.
A l'éclat tendre & vif de sa verte parure,
Elle unissoit des fruits qui naissoient sans culture.
Flore de ses parfums embaumoit l'Univers ;
Et Zéphir regnoit seul sur le trône des Airs.
Mais, dans ces temps heureux, l'homme à ta bienfaisance
Dut un bonheur plus grand, & qu'il ne connoît plus ;
Sa noble pauvreté, dédaignant l'opulence,
Plaçoit au rang des maux des besoins superflus.

De la Nature, ô vous *, les difciples cheris;
Vous, de qui la candeur fait l'aimable partage,
Dans un fiécle de fer, vous créez ce bel âge,
Que la Fable a tracé dans des fonges fleuris.
Des nuages épais, entaffés fur vos têtes,
Dans leurs flancs ténébreux renferment les tempêtes;
Vos champs font défolés par les noirs Aquilons;
Une glace éternelle attrifte vos vallons:
Mais auffi de vos mœurs la fimplicité pure,
Au milieu des hivers fait naître le printemps;
Vous béniffez le fort que vous fit la Nature,
Et vous êtes heureux malgré les Elémens.

Peuple fage & content, tu ne les connois pas
Nos funeftes tréfors, fource de tous les vices;
Ton indigence même a pour toi des délices;
Tandis que l'opulence ébranle les états.
Quand Rome, pauvre encore, afferviffoit la terre,
Elle invoquoit des Dieux, ou d'argile ou de pierre;
Ses Guerriers triomphans vivoient de leurs travaux,
Et le lait nourriffoit un Peuple de héros.
Mais, quand elle eut conquis le luxe de la Grece,
Le plus foible ennemi confondit fa fierté.
Garde-toi d'envier fa fatale richeffe;
Elle feroit l'écueil de ta profpérité.

* Les Suiffes.

Tu n'as reçu du Ciel qu'un fol inculte & dur;
Mais ton bras l'amollit, & tes bœufs le fillonnent;
L'été mûrit les grains que tes mains y moiffonnent.
Les ALPES t'enfermant, ainfi qu'un vafte mur,
Te couvrent d'un rempart immenfe, inébranlable;
L'Homme, hélas! eft à l'Homme un fléau redoutable.
Pour tes mines de plomb & pour ton fer groffier,
Le Pérou t'offriroit tout fon or meurtrier.
Sous ton aimable empire, heureufe indépendance,
D'un printemps éternel on goûte les douceurs;
L'orageux Aquilon fouffle fans violence;
Et les triftes rochers font embellis de fleurs.

Vous ignorez encor ces titres faftueux;
Ces honneurs ufurpés, qui parent l'injuftice,
Et qu'inventa l'orgueil pour annoblir le vice.
Le plus grand parmi vous eft le plus vertueux.
Heureux dans tous les temps: la Fortune intraitable,
Refpeftant de vos jours la paix inaltérable,
Prépare loin de vous ces éclatans revers,
Qui dans fes fondemens ébranlent l'Univers.
Tandis qu'autour de vous, le flambeau de la guerre
De fes feux deftructeurs embrâfe les Cités,
Vous voyez, vous plaignez les malheurs de la Terre,
In recueillant les fruits que vos champs ont portés.

Lorſque le doux printemps, ramenant les plaiſirs,
De ſes vives couleurs émaille la verdure ;
Quand l'amoureux Zéphir, careſſant la Nature,
Dans nos cœurs palpitans éveille les deſirs,
Des hameaux d'alentour on accourt dans la plaine :
Un village s'aſſemble à l'ombre d'un grand chêne ;
L'adreſſe & la beauté s'y diſputent le prix.
Là, deux jeunes rivaux, d'un tendre objet épris,
Combattent ſous les yeux dont leur ame eſt bleſſée :
Chacun brigue l'honneur d'en être remarqué.
Ici d'un bras nerveux une pierre eſt lancée,
Qui fend l'air, ſiffle ; vole & frappe au but marqué.

Plus loin un tapis vert appelle à d'autres jeux.
Au ſon de la muſette, une troupe riante
D'un pied vif & léger foule l'herbe naiſſante ;
La naïve gaieté pétille dans leurs yeux ;
L'art ne ſeconde point leurs graces naturelles :
Mais la joie y ſupplée & leur prête des ailes.
Jamais l'amour ici ne vendit ſes faveurs ;
Jamais l'ambition n'y ſépara les cœurs.
Le fléau des plaiſirs, l'avare politique
Des auteurs de leurs jours ne fait pas des tyrans,
On bannit des contrats l'intérêt deſpotique ;
On aime pour ſoi-même, & non pour ſes parens.

Dès qu'un jeune Berger fent la douce chaleur
Qu'un objet plein d'appas fait naître dans fon ame ;
Rien ne s'oppofe plus au fuccès de fa flamme ;
Il peint, fans héfiter, le tourment de fon cœur.
Si le Berger lui plaît, la Bergere fidelle
Paye & nourrit fes feux d'une ardeur mutuelle.
Sa pudeur ingénue, à cet aveu charmant,
Colore fes attraits d'un nouvel agrément ;
Elle ne connoît pas ces honteux artifices,
Ces rufes de l'orgueil, d'un beau nom revêtu ;
Ces délais affectés, qu'enfantent les caprices,
Ridicules foutiens d'une fauffe vertu.

Les defirs enflammés de fon heureux vainqueur
N'ont point à redouter une cruelle attente ;
Le contrat, c'eft la foi qu'il donne à fon Amante ;
C'eft un chafte baifer qui fcelle leur bonheur.
Sur un myrthe voifin, la douce tourterelle
Célèbre, en foupirant, une union fi belle.
L'Amour leur dreffe un lit fur les bords d'un ruiffeau
D'un arbre étend fur eux le mobile rideau ;
Enhardit le Berger, affoiblit la Bergere.
O couple fortuné ! joui de fes bienfaits.
La tendre volupté veille fur la fougere ;
Tandis que le dégoût s'endort dans le palais.

Dans

Dans cet afyle pur, temple facré des mœurs,
Les loix de l'Hyménée & la foi conjugale
Ne reçoivent jamais une atteinte fatale;
La vertu, la raifon en font les défenfeurs.
La candeur en bannit les foupçons, les allarmes;
A l'objet qu'on poffede on trouve encor des charmes,
Les rofes que l'Amour répand fur les travaux
Les changent en plaifirs toujours vifs & nouveaux.
Amis de la Nature, ils parlent fon langage,
Ce langage éloquent, interprète du cœur,
Dont la fimplicité nous charme & nous engage,
Qui, né du fentiment, peint fi bien le bonheur.

Loin d'un peuple bruyant & du vuide pompeux
De ces amufemens, délices de la ville,
Loin des Cours, où l'orgueil courbe fon front fervile,
Une profonde paix habite dans ces lieux;
Compagne du travail, une fanté conftante
Y conferve des corps la vigueur agiffante.
D'une oifive molleffe ils ne s'engraiffent point;
La fatigue en écarte un funefte embonpoint:
Un fang pur & vermeil circule dans leurs veines,
Tel qu'ils l'ont hérité de leurs fages ayeux;
Il n'eft pas deffeché par de cuifantes peines,
Ni brûlé par des vins encor plus dangereux.

K

Quand, plongeant dans les mers son flambeau pâlissant,
Phœbus prête à sa sœur sa semblante lumiere,
Le Berger, en chantant, regagne sa chaumiere;
Son chien hâte les pas de son troupeau bêlant.
De ses enfans nombreux la troupe caressante,
Doux fruit de ses amours, sa richesse naissante,
S'empresse autour de lui, s'agite dans ses bras,
Tandis que la Bergere apprête le repas;
Repas simple & frugal, que la faim assaisonne,
Pressé par le sommeil, le couple vertueux
Dans sa couche féconde au repos s'abandonne;
L'Amour l'abrége & veille, assis à côté d'eux.

Quand l'Automne tardif, de ses brouillards épais,
Ternit l'azur des Cieux & le teint de l'Aurore,
De présens variés la Terre se décore,
Et pour des agrémens prodigue des bienfaits.
Des plaisirs plus réels & d'utiles richesses
Acquittent du Printemps les riantes promesses;
Mille fruits, parsemés des plus vives couleurs,
Naissent de tous côtés, & remplacent les fleurs.
La pomme au doux parfum, la poire succulente
Surchargent leurs rameaux d'un fardeau précieux,
L'arbre semble courber sa tête triomphante,
Pour inviter la main & s'approcher des yeux.

La Terre à votre soif n'offre que des ruisseaux.
Votre sobriété bannit de vos contrées
Ces perfides boissons que l'art a préparées.
Bacchus de ses trésors n'orne point vos côteaux ;
Il ne voit point jaillir de la cuve fumante
Le suc de ses raisins, qui pétille & fermente.
O Peuples fortunés ! n'en soyez point jaloux :
Le refus de ses dons est un bienfait pour vous.
De la Nature ainsi la rigueur salutaire
A de votre raison préservé le flambeau ;
Rendez graces aux soins d'une indulgente Mere,
Qui, loin de vos climats, a creusé le tombeau.

Quand l'Hiver, escorté des fougeux Aquilons,
Précipite ses pas du sommet des montagnes,
Enchaîne les torrens & brûlant les campagnes,
Couvre de noirs frimats le germe des moissons,
Le laboureur, assis dans sa cabanne obscure,
Contemple, en soupirant, le deuil de la Nature ;
Mais bientôt consolé dans les bras du repos,
Il bénit la saison qui suspend ses travaux.
Par de paisibles jeux il soulage sa peine ;
Quelquefois ses voisins partagent ses loisirs ;
Autour de son foyer l'amitié les amene,
Pour abréger les jours par d'innocens plaisirs.

K ij

Cependant un Berger, plein d'une vive ardeur,
Répete sur sa flûte une chanson nouvelle :
La Nature & l'Amour qui se plaît avec elle,
Ont allumé le feu qu'il nourrit dans son cœur :
De l'art pénible & froid la contrainte stérile
N'éteint point la chaleur de sa verve fertile ;
Mais sa muse de l'œil suit toujours son troupeau,
Et de sons fastueux n'enfle point son pipeau.
Il est simple & naïf, ainsi que sa Bergere ;
Son vers facile, heureux, coule rapidement ;
Dans sa marche, évitant la méthode vulgaire,
Il manque à la mesure, & peint le sentiment.

Tantôt c'est un vieillard, l'honneur de son pays,
Qui donne des leçons dont il est le modele :
Son esprit s'est mûri dans un corps qui chancele ;
Sa haute renommée & ses cheveux blanchis,
Sa douce majesté, sa longue expérience
Prêtent un nouveau poids à sa mâle éloquence.
Quelquefois il dépeint nos ancêtres fameux,
Couverts dans les combats de leur sang généreux ;
Franchissant des fossés, renversant des murailles,
Et des mains de la Gloire arrachant des lauriers.
La jeunesse étincelle au récit des batailles,
Et s'enflamme du feu dont brûloient ces guerriers.

O vous! que de l'erreur aveugle le bandeau,
Qui de vos paffions déplorables victimes,
Précipitez vos pas d'abymes en abymes,
Pour vous perdre à la fin dans la nuit du tombeau;
Téméraires mortels, dont la plainte importune
Par des vœux infenfés irrite la fortune;
Qui toujours dévorés par de pénibles foins,
Vous faites de vos maux de funeftes befoins:
Voyez ce Peuple heureux des dons de la Nature,
Qui dans fes travaux même éprouve des plaifirs;
En qui la pauvreté n'excite aucun murmure,
Et qui borne à fon fort fes tranquilles defirs.

Ne vantez point l'éclat de vos riches palais;
Ne nous étalez point la pompe de vos villes,
Ce refuge odieux de tant d'ames ferviles,
Où le vice applaudi couve fes noirs projets;
Où la trifte vertu gémit dans des entraves;
Où, devançant le jour, d'ambitieux efclaves
Vont en foule ramper à la porte des Grands,
De leurs lâches flatteurs impérieux tyrans;
Où le plaifir fatigue & le chagrin accable;
Où le cœur cherche en vain le bonheur qui le fuit;
Où d'un gain paffager la foif infatiable
Vous deffèche le jour & vous brûle la nuit.

K iij

C'est là que l'opulence insulte aux malheureux,
Décourage les arts, repousse le génie;
Là, forge ses poisons l'infâme calomnie;
C'est de la volupté le séjour ténébreux.
C'est là que ses amans, au teint pâle & livide,
S'enivrent de la mort dans sa coupe homicide.
Mais vous, Peuple choisi, dont la simplicité
Préfére à tous les biens la médiocrité,
Des folles passions redoutant les ravages,
De leurs feux dévorans vous défendez vos cœurs;
De l'Univers entier vous voyez les naufrages
Du haut de vos rochers, asyle de vos mœurs.

Heureux qui, comme vous, séparé des humains,
Du champ de ses ayeux fait toutes ses délices;
Qui se nourrit du lait de ses tendres génisses,
Et moissonne les fruits qu'ont arrosé ses mains;
Qui, couché mollement au bord d'une onde pure,
Goûte un sommeil léger sur un lit de verdure.
Des fiers tyrans des airs les sifflemens affreux
Ne l'éveillent jamais sur les flots orageux;
Loin des camps meurtriers, où repose la guerre,
La trompette jamais ne l'appelle à la mort;
Il est l'amour du Ciel, l'exemple de la Terre,
Et foule sous ses pieds les caprices du sort.

IMITATION

DE L'ODE

DE M. HALLER,

Sur la Mort de son Épouse.

CHANTERAI-JE ta mort, Épouse infortunée?
Quel funeste sujet pour mes lugubres chants!
A sa morne douleur mon ame abandonnée,
Ne forme plus, hélas! que des gémissemens.
D'un cœur qui saigne encor déchirant la blessure,
Aigrirai-je mes maux, en traçant mes malheurs?
De mon bonheur passé la touchante peinture,
Ouvrira-t-elle encor la source de mes pleurs?

Mais, en me rappellant tes vertus & tes charmes,
Puis-je arrêter le cours de mes justes regrets?
J'adoucis mes tourmens en répandant des larmes,
Des larmes que le temps ne tarira jamais.

Le langage plaintif de ma vive tendreſſe
Fait revivre à mes yeux l'objet que j'ai perdu;
D'un ſouvenir ſi doux je nourris ma triſteſſe,
C'eſt le ſeul bien qui reſte à mon cœur éperdu.

Je ne t'invoque point, ô ſçavante Uranie !
Pour me dicter ces vers, enfans de mon amour,
Qu'importe au ſentiment une vaine mémoire ?
Ma douleur eſt le Dieu qui m'inſpire en ce jour.
J'arroſe de mes pleurs ma lyre gémiſſante;
Elle ſemble répondre à mes triſtes deſirs:
Ses ſons foibles, éteints ſous ma main languiſſante,
De ſon malheureux Maître imitent les ſoupirs.

Je t'enviſage encore à ton heure derniere :
J'approchai de ton lit, tremblant, déſeſperé;
Tu ſoulevois à peine une froide paupiere;
La mort glaçoit déjà ton front défiguré :
Tu m'appellas alors d'une voix expirante;
Dans mon ſein déchiré j'étouffai mes ſanglots;
Je ſoutins dans mes bras ta tête défaillante;
Et l'œil fixé ſur moi, tu m'adreſſas ces mots:

« O mon HALLER ! ô toi que la faveur céleſte
» Choiſit pour embellir le printemps de mes jours,
» C'en eſt fait, tu le vois, & ce moment funeſte
» De mes ans fortunés va terminer le cours.
» Je bénis mon deſtin; j'ai vu couler tes larmes,
» Ton amour adoucit l'horreur de mon trépas;
» Il m'a fait éprouver un ſort rempli de charmes;
» Il fait encor ma joie, en mourant dans tes bras.

» O cher Époux, adieu..... l'éclat de la lumiere
» Commence à fatiguer mes yeux appefantis.....
» Je ne fuis plus à toi..... j'ai fini ma carriere ;
» Déjà d'un froid mortel tous mes fens font faifis.
» Je vois Dieu qui m'appelle; il chérit l'innocence.....
» Les feux dont je brûlois ne l'ont point outragé......
» Dans fon fein paternel mon cœur vole & s'élance....
» Entre lui feul & toi je l'avois partagé ».

Malheureux, où fuirai-je? en ces lieux tout préfente
A mes triftes regards des objets de terreur.
Cette maifon de deuil..... qu'habitoit mon Amante,
Ce temple qui la couvre.... Ah! je fremis d'horreur.
Ces enfans..... je ne puis en foutenir la vue;
Je me dérobe envain à leurs gémiffemens:
Leur douleur me pourfuit, & leur grace ingénue,
Image de la tienne, ajoûte à mes tourmens.

Ne méritois-tu pas l'amour le plus fincere?
Ton cœur induftrieux prévenoit mes defirs.
Aux foins de tes enfans, au bonheur de leur pere
Tu bornois tes appas, ta gloire & tes plaifirs.
Quand je t'offris ma main, ma timide indigence
N'eut point à s'allarmer des biens de mon rival;
Tu me facrifias richeffe, attraits, naiffance;
Et mon cœur à tes yeux me rendit ton égal.

Dans cet adieu funefte où ta fœur éplorée
Pour la derniere fois te ferroit dans fes bras,
Quand fortant d'une ville où tu fus adorée,
Sous un ciel étranger je conduifois tes pas,

Tu m'adreſſas ces mots : « Tu vois ma confiance;
» O mon unique ami, j'ai tout quitté pour toi;
» Sur la foi de ton cœur je pars en aſſurance;
» Je ne regrette rien, HALLER eſt avec moi ».

Auſſi m'abandonnant à ma tendreſſe extrême,
Je conſacrai mes jours à combler tous tes vœux :
Le bonheur de t'aimer fut mon bonheur ſuprême.
Helas! combien de fois, en des temps plus heureux,
Te preſſant dans mes bras, enivré de tes charmes,
Me diſois-je, glacé d'une froide terreur :
Ah! s'il falloit la perdre….. Et dévorant mes larmes,
Je mourois de plaiſir en friſſonnant d'horreur.

Non, rien ne calmera ma triſteſſe mortelle :
Tes vertus, tes bienfaits m'en impoſent la loi;
Ils font pour ton Époux une dette éternelle;
Juſqu'au dernier ſoupir ils t'aſſurent ma foi.
Oui, plein de mon amour, plein de ta douce image,
Je chercherai la nuit des plus ſombres forêts,
Pour t'y rendre ſans ceſſe un douleureux hommage,
Pour pleurer, ſans témoins, à l'ombre des cyprès.

O cher objet, toujours préſent à ma mémoire,
Toi qui vois ſous tes pieds rouler le firmament,
Et qui, près de ton Dieu, compagne de ſa gloire,
Dans le ſein du bonheur, gémis de mon tourment
Ouvre tes bras ſacrés : ma vive impatience
M'entraîne ſur tes pas à l'immortalité :
Sur des ailes de feu mon cœur vers toi s'élance,
Pour s'unir à jamais à ta félicité.

TRADUCTION LIBRE
DE L'ODE
DE M. DRYDEN,
Sur le pouvoir de la Mufique;
OU
LA FÊTE D'ALEXANDRE,
En l'honneur de Sainte Cécile.

I.

L'Héritier de Philippe, enivré de fa gloire,
Par des jeux folemnels célébroit fes exploits;
Et maître de la Perfe, affervie à fes loix,
Il laiffoit refpirer l'Afie & la Victoire.
      Sur un trône radieux
      Le Monarque impérieux
Portant dans fes regards l'orgueil de fa conquête,
Sembloit être le Dieu de cette augufte fête.
Les braves compagnons de fes nobles travaux
Autour de lui formoient une enceinte guerriere;
Le myrthe & le laurier paroient fa tête altiere,
      Digne prix des héros.

A ſes côtés Thaïs, l'ornement de la Grece,
　　Fiere de ſon deſtin,
Offroit dans ſon printemps l'éclat & la jeuneſſe
　　De l'aimable Déeſſe
Qui couronne les fleurs des perles du matin.

CHŒUR.

Brûlez, couple charmant, de flammes immortelles;
Couple heureux, de l'amour épuiſez les faveurs;
La valeur ſeule a droit de captiver les belles.
Belles, c'eſt à la gloire à nommer vos vainqueurs.

II.

Timothée, au milieu d'une troupe ſçavante,
D'Apollon & d'Euterpe illuſtres nourriſſons,
Prend ſa lyre féconde en ſublimes chanſons.
Sous ſes doigts éloquens, ſous ſa touche brillante
　　Des accords raviſſans
　　Enivrent tous les ſens.
Il chante Jupiter; & le Dieu du tonnerre
En dragon tortueux vient ſiffler ſur la terre.
　　O pouvoir de Cypris!
Vers la jeune Olympie il rampe avec audace,
Se gliſſe ſur ſon ſein, la preſſe & l'entrelace
　　De ſes vaſtes replis.
Du peuple proſterné toutes les voix s'uniſſent
　　A ces nobles accens.
Tout tremble; tout fremit; les voûtes retentiſſent
De ces mots : « Roi des Dieux ſois propice à nos chants».

CHŒUR.

Le fier vainqueur d'Arbelle
Repaît de cet encens son cœur ambitieux,
Et nouveau Jupiter, croit regner dans les cieux.
Il pese l'Univers dans ses mains immortelles,
Et pense, en inclinant son front audacieux,
De l'Olympe ébranler les portes éternelles.

III.

Tandis qu'il s'abandonne à sa folle grandeur,
La lyre enchanteresse
Par de plus doux accords dissipe son ivresse,
Et sa crédule erreur.
Elle chante Bacchus, pere de la vendange,
Toujours jeune & charmant;
Il arrive vainqueur de l'Indus & du Gange;
Il conduit sur ses pas les ris & l'enjouement.
Sonnez, clairons, sonnez, organes de sa gloire:
Il arrive, il arrive; annoncez la victoire
De cet aimable Dieu, toujours jeune & charmant:
Il arrive, & commande à sa riante troupe
De s'armer d'une coupe,
Et d'un jus pétillant il en rougit les bords.

CHŒUR.

Quels biens, divin nectar, égalent tes trésors!
Du guerrier abbatu tu soulages les peines;
Tu consoles son cœur d'un indigne repos;
La valeur avec toi circule dans ses veines;
Il rapporte au combat l'audace des héros.

I V.

D'Alexandre, à ces fons, le courage s'irrite;
Dans l'ardeur qui l'agite,
Il attaque, il combat les Perfes terraffés:
Trois fois encore il les renverfe;
Tout meurt ou fe difperfe.
Dans fes regards font peints les tranfports infenfés
Qui foulevent fon ame;
La fureur qui l'enflamme,
Brave le ciel lui-même, & fes foudres vengeurs.
Timothée, à l'inftant, faifit une autre touche,
Et par des fons plaintifs qui pénètrent les cœurs,
Calme les fens émus du Conquerant farouche.
Il chante Darius,
Sa tendre humanité, fa valeur, fes vertus:
Ce Monarque adoré d'un État formidable,
Tombe précipité de fon augufte rang,
Étendu fur le fable,
Brûlé de foif, baigné dans les flots de fon fang.
O du meilleur des Rois deftin trop déplorable!
Sa voix, fa voix mourante, à fon heure derniere,
Appelle les ingrats qui l'ont abandonné:
Ce Maître bienfaifant, ce Prince infortuné
N'a pas un feul ami qui ferme fa paupiere.

C H Œ U R.

A ces lamentables accens,
Le vainqueur immobile attache fur la terre
Des regards mornes, languiffans;
Il gémit en fecret des crimes de la guerre.

Les caprices du fort
Dans fon ame troublée excitent des allarmes;
Son cœur plaint fon rival & fa funefte mort;
Il foupire, & fes yeux laiffent couler des larmes.

V.

De l'harmonie alors l'arbitre fouverain,
Fier d'affervir fon maître
A fa puiffante main,
S'applaudit en voyant l'amour prêt à renaître.
(De la tendre pitié le trifte fentiment
Prépare de l'amour le tendre enchantement).
Il pourfuit, & fa lyre
Par des fons careffans reveille fes defirs :
Sous fes doigts féducteurs la volupté foupire;
Le Monarque fourit à la voix des plaifirs.
Le Chantre de la Grece
Peint auffi-tôt des Rois les débats meurtriers,
La fureur des guerriers,
La gloire, vain fantôme & paffagere ivreffe,
La victoire, infolente & barbare Déeffe,
Qui fe plait à regner fur des champs défolés,
Sur les débris fumans des trônes écroulés,
Monftre qu'ont enfanté les ruines de la terre.
Impitoyables Conquerans,
Si les Dieux en vos mains ont remis leur tonnerre,
C'eft pour foudroyer les tyrans,
Et non pour immoler à votre injufte rage
L'Univers leur ouvrage,
Les mortels vos égaux, & leur parfaite image.

Invincible Héros,

Goûte enfin le bonheur que leur bonté t'envoie;

Dans les bras de Thaïs ils t'offrent le repos :

Vois briller ses regards des rayons de la joie;

Ses faveurs font le prix de tes nobles travaux.

Tout le peuple, à grands cris, applaudit à ces mots;

L'Amour, l'heureux Amour remporta la victoire,

Dans les yeux de Thaïs ralluma son flambeau;

     Mais d'un laurier si beau

A la seule harmonie il dut toute sa gloire.

CHŒUR.

Ces accens, du Monarque ont ranimé l'ardeur;

Il soupire à l'aspect de la jeune mortelle,

     Qui captive son cœur

     En la voyant si belle;

Il s'enflamme, il soupire encor plus tendrement;

Sa gloire & son orgueil murmurent vainement :

A la fin il succombe au transport qui le presse,

Et tombe, amant soumis, aux pieds de sa maîtresse.

V I.

Timothée aussi-tôt dans l'ame du vainqueur

Fait expirer l'amour & naître la terreur :

Sous ses doigts irrités sa lyre menaçante

Jette dans tous ses sens & le trouble & l'horreur;

Ses sons tumultueux de la foudre brûlante

Imitent, en grondant, l'effroyable fracas.

Le temple est ébranlé; sa voûte chancelante

     Semble fondre en éclats.

Le Monarque éperdu frissonne d'épouvante;

Il

Il pâlit; il s'éveille, ouvrant avec effort
Des yeux appefantis du fommeil de la mort.
   Vengeance, alors s'écrie
   Timothée en furie:
Vengeance, paroiſſez; accourez en ces lieux;
Accourez, fiers tyrans des ames criminelles;
Déchaînez vos ſerpens, Euménides cruelles.
J'entends déjà fiffler ces monftres odieux;
Un feu rouge de ſang fait jaillir de leurs yeux
   D'affreuſes étincelles.
Quels fpectres décharnés, d'un pas pénible & lent,
Une torche à la main, s'avancent triftement?
De nos braves amis c'eft la troupe guerriere,
Que Bellone a percés de ſes traits meurtriers,
Et dont les corps ſanglans infectent la pouſſiere
Des champs, où leur valeur nous couvrit de lauriers.
Mânes infortunés, criez, criez vengeance.
   Monarque tu la dois
  A leur patrie, à leurs exploits,
A ta gloire, à leur ſang verſé pour ta défenſe.
Suis de leurs noirs flambeaux les lugubres clartés;
Elles guident tes pas aux palais de la Perſe:
   Que ton bras les renverſe,
Et briſe les autels de ſes Dieux déteftés.

C H Œ U R.

A ces mots, enivré d'une barbare joie,
Alexandre s'élance, une torche à la main.
Thaïs, pour éclairer ſes fureurs & ſa proie,
Prend, allume un flambeau, lui montre le chemin;
Et, comme une autre Helene, embrâfe une autre Troye.

VII.

Avant que l'orgue enfermât dans ses flancs
Ces vents harmonieux & ces mâles accens
　　　Dont une main habile
Fait naître ces accords pleins de variété,
Où l'agrément s'unit avec la majesté,
Par les charmes vainqueurs de sa lyre docile
Le divin Timothée inspiroit tour-à-tour,
　　　Ou la haine, ou l'amour.
Mais, plus sçavante encor, l'immortelle Cécile
Créa des instrumens inconnus autrefois,
Dont l'utile secours encouragea la voix :
Son esprit, enflammé d'un céleste délire,
De la douce harmonie accrut le vaste empire.

CHŒUR.

　　　Chantre mélodieux,
A ta noble rivale ou céde la victoire,
　　　Ou partage sa gloire :
Si de tes sons hardis l'essor ambitieux
Transportoit un Mortel au séjour du tonnerre ;
　　　Cécile sur la Terre
Fit descendre, à sa voix, les habitans des Cieux.

FIN.

APPROBATION.

J'AI LU, par ordre de Monseigneur le Vice-Chancelier, un Manuscrit contenant *la Traduction de trois Poëmes de M. Geßner, deux Odes de M. Haller, avec une Ode de Dryden*; & je n'y ai rien trouvé qui m'ait paru devoir en empêcher la publication. A Paris, ce 6 Octobre 1765.

Signé BOUDOT.

PRIVILÉGE DU ROI.

LOUIS, PAR LA GRACE DE DIEU, ROI DE FRANCE ET DE NAVARRE; A nos amés & féaux Conseillers les Gens tenants nos Cours de Parlement, Maîtres des Requêtes ordinaires de notre Hôtel, Grand-Conseil, Prévôt de Paris, Baillis, Sénéchaux, leurs Lieutenants Civils & autres nos Justiciers qu'il appartiendra: SALUT. Notre amé LOTTIN le jeune, Libraire, Nous a fait exposer qu'il désireroit faire imprimer & donner au Public un Ouvrage qui a pour titre: *Alcimne & Evandre, Pastorale de M. Geßner, traduit en François,* &c. S'il nous plaisoit lui accorder nos Lettres de Permission pour ce nécessaires. A ces causes, voulant favorablement traiter l'Exposant, Nous lui avons permis & permettons par ces Présentes, de faire imprimer ledit Ouvrage autant de fois que bon lui semblera; & de le vendre, faire vendre & débiter par tout notre Royaume pendant le tems de *trois années* consécutives, à compter du jour de la date des Présentes;

L ij

Faisons défenses à tous Imprimeurs, Libraires & autres personnes, de quelques qualité & condition qu'elles soient, d'en introduire d'impression étrangere dans aucun lieu de notre obéissance. A la charge que ces Présentes seront enregistrées tout au long sur le Registre de la Communauté des Imprimeurs & Libraires de Paris dans trois mois de la date d'icelles; que l'impression dudit Ouvrage sera faite dans notre Royaume & non ailleurs, en bon papier & beaux caracteres, conformément à la feuille imprimée attachée pour modele sous le contre-scel des Présentes; que l'Impétrant se conformera en tout aux Réglemens de la Librairie, & notamment à celui du 10 Avril 1725; qu'avant de l'exposer en vente, le Manuscrit qui aura servi de copie à l'impression dudit Ouvrage, sera remis dans le même état où l'Approbation y aura été donnée, ès mains de notre très-cher & féal Chevalier Chancelier de France, le Sieur DE LAMOIGNON, & qu'il en sera ensuite remis deux Exemplaires dans notre Bibliothéque publique, un dans celle de notre Château du Louvre, un dans celle dudit Sieur DE LAMOIGNON, & un dans celle de notre très-cher & féal Chevalier Vice-Chancelier & Garde des Sceaux de France, le Sieur DE MAUPEOU; le tout à peine de nullité des Présentes: Du contenu desquelles vous mandons & enjoignons de faire jouir ledit Exposant & ses Ayans causes, pleinement & paisiblement, sans souffrir qu'il leur soit fait aucun trouble ou empêchement, Voulons qu'à la Copie des Présentes, qui sera imprimée tout au long au commencement ou à la fin dudit Ouvrage, foi soit ajoutée comme à l'Original; Commandons au premier notre Huissier ou Sergent sur ce requis, de faire pour l'exécution d'icelles, tous Actes requis & nécessaires sans demander autre permission, & nonobstant clameur de Haro, Charte Normande & Lettres à ce contraires ; Car tel est notre plaisir. Donné à Fontainebleau le *quatorzième jour du mois de Novembre*, *l'an de grace mil sept cent soixante-cinq*, & de notre Régne le cinquanteunième. Par le Roi en son Conseil.

Signé, LE BEGUE.

Regiſtré ſur le Regiſtre XVI de la Chambre Royale & Syndicale des Libraires & Imprimeurs de Paris, N° 737. Fol. 394, *conformément au Réglement de* 1723. *A Paris, ce* 22 *Novembre* 1765.

LE BRETON , *Syndic.*

CATALOGUE
DE QUELQUES LIVRES
qui se trouvent
CHEZ LE MÊME LIBRAIRE.

LA Mort d'Abel, Poëme, *par M. Geſſner*, traduit de l'Allemand en François, &c. vol. *in-12, petit papier.* 2 liv.

Du même; Idylles & Poëmes Champêtres, *nouvelle édition,* vol. *in-8°. petit papier broché.*   1 l. 16 f.

Du même; Daphnis & le premier Navigateur, Poëmes, *vol. in-12, nouvelle édition, 1764, broché.*   1 l. 10 f.

Poëmes traduits de l'Anglois, contenant l'Eſſai ſur la Poëſie du Duc *de Buckingham,* le Temple de la Renommée, *de Pope;* Henry & Emma, *de Prior,* imité de la belle Brune *de Chaucer, vol. in-8°.* 1764, *broché.*   1 l. 10 f.

Les Céramiques, &c. Poëme, 2 *vol. in-12.* 1760, *broché.*   4 l. 10 f.

Les Aventures de Périphas deſcendant de Cécrops, Poëme, *par M. Puget de Saint-Pierre,* 2. *vol. in-12, broché,* 1761.   2 l. 10 f.

Le Soldat parvenu, 2 *vol. in-12.* 4. l. 10 f.

Mémoires du Duc de Rohan, 2 *vol. in-12.*   5 liv.

Tableau des Mœurs Angloifes, *ou le Monde, ouvrage critique, intitulé : The World by Adam Fits-Adam, vol. in-12, broché,* 1762.   1 l. 10 f.

Eloge hiftorique de M. le Duc de Bour-gogne, *par M. le Franc, vol. in-8°. grand papier, de l'Imprimerie Royale, orné du Portrait de ce Prince, & de plufieurs Vi-gnettes, d'après les deffeins de M. Cochin, broché.*   2 l. 8 f.

Lettres de Madame de Sévigné, *nouvelle édition, confidérablement augmentée, 8 vol. in-12. petit format,* 1764.   16 l.

Zurac à Zegry, *ou XIV Lettres d'un In-dien, précédées de quelques penfées fur différens fujets, Morale, Politique, Littérature, &c. imprimé en Mauritanie, & fe trouve à Paris, vol. in-12, petit papier,* 1764.   2 l.

Principes généraux & raifonnés de la Grammaire Françoife, *par M. Reftaut, neuvieme Edition, revue & corrigée* par l'Auteur, 1 *vol. in-12 de près de* 680 *pages,* 1765.   3 l.

Abrégé des Principes de la Grammaire Françoife, dédié aux Enfans de France, *par le même,* 6e *Edition, revue &fixieme* par l'Auteur, 1 *vol. in-12,* 1765. 1 l. 5f.
Pour éviter l'inconvénient des Editions contrefaites de ce Livre, remplies de fautes, l'on avertit que l'Edition la plus correcte, la derniere, & faite fous les yeux de l'Auteur, portera le nom de LOTTIN *le jeune fur le Titre ; & que l'on trouvera au dos du Fron-tifpice la fignature du même Libraire.*

Nouvelle Edition *exactement corrigée*
& considérablement augmentée du Manuel
des Champs, *ou* Recueil choisi, inftru-
ctif & amufant, de tout ce qui eft le
plus néceffaire & le plus utile pour
vivre avec aifance & agrément à la Campagne : Ouvrage divifé en trois parties ;
dont la premiere traite de l'Architecture
Ruftique, du Jardinage, de la Culture
des Fleurs, des Arbres & Arbriffeaux à
fleurs ; du Jardin d'ornement, du Pota-
ger, des Arbres fruitiers, de la Taille,
de la greffe des Arbres, enfin de leurs
maladies; la deuxieme, des Terres labou-
rables, des Prés, des Vignes, de la façon
& de la qualité des Vins, de la Bierre,
du Cydre, de l'Hydromel, &c. des
Bois, de la Chaffe & de la Pêche; la
troifieme, des Chevaux, des Bêtes à
cornes, des Bêtes à laine, des Volail-
les, des Oifeaux fauvages qui s'appri-
voifent aifément, des Mouches à miel
& des Vers à foie: *Par M. Chanvalon,*
Prêtre de l'Ordre de Malthe, le tout en
un fort volume in-12 de plus de 600 pages ;
1765. 2 l. 10 f.

De l'Imprimerie de LOTTIN l'aîné ; 1766.

www.ingramcontent.com/pod-product-compliance
Lightning Source LLC
Chambersburg PA
CBHW070502030726
47503CB00004B/1143